Die Glut des Augenblicks

Jochen Winter

Die Glut des Augenblicks

Aufzeichnungen vom Ätna

Matthes & Seitz Berlin

Der Text aufgefasst als Textur, darin jede Faser vergängliche und zugleich dauerhafte Einheit ist, stets verflochten mit nächsten und fernen Fasern, ihre Enden fließende Übergänge in den Raum des Unsagbaren, der das Wort auflöst in Schwingung, Widerhall, Ahnung ... Ein imaginäres Netz, allmählich sichtbar werdend, jeder seiner Knoten Teil des Ganzen, das Ganze im Teil, überall Spiegelungen und Brechungen, wechselseitige Wirkung und Umgestaltung; ein jähes Ansteigen, dann Absinken, wie im Rhythmus irdischer Gezeit, ein Kreisen des Gegenstandes um sich selbst und um den anderen, wie bei den Rotationen kosmischer Körper ... Melodiöse oder dissonante Koinzidenz heterogener Stoffe, hier getaucht in übernatürliches Licht, dort in abgründigen Schatten, wie im funkelnden Innern des Gesteins, dessen Schichten einer konzentrischen oder mäandrischen Ordnung folgen, einer poetischen Struktur, das vielfach variierte Muster einer Existenz ...

I

Vor einigen Tagen sah ich in der Abenddämmerung von den Hängen des Vulkans, wie der Vollmond sein breites Band milchigen Lichts auf das Ionische Meer warf, gar einen Lichtballen, denn er glich einer opaken und zugleich transparenten weißen Masse, die sich, senkrecht zur Strömung, vom Ufer bis über den Horizont erstreckte. Als offenbarte sich dort eine übernatürliche Erscheinung, ein Wunder von unnennbarer Schönheit, das niemand sonst wahrzunehmen schien. Die Kluft zwischen dem gewöhnlichen Treiben der Menschen und diesem außergewöhnlichen Bild war erschreckend – stumme Androhung eines nicht aufzuwiegenden Verlusts, einer dann eintretenden, grenzenlosen Stille, aus der kein Laut mehr aufsteigen kann, in die keine Stimme mehr eindringen wird.

* * *

Nachts liegen tief in der Ebene vor mir all diese orange, bläulich und weiß funkelnden Lichterketten, als wären sie Vervielfältigungen siderischer Konstellationen. Wie oben, so unten. Sogar in den kalten Erzeugnissen des technologischen Zeitalters bleibt die ursprüngliche Entsprechung zwischen Himmel und Erde insgeheim gewahrt.

* * *

Wieder und wieder schaue ich hinunter zur rußschwarzen Küste. Plötzlich gehen dort alle Lichter aus. Ein apokalyptischer Anblick, getaucht in völlige Finsternis. Auch die neuzeitliche Epoche dreht sich, wie eine jede vor ihr, auf dem Rad der Geschichte, das nichts anderes kennt als unaufhörliches Auf und Ab. Die überall ins Auge springenden Stigmen des Verfalls deuten auf die längst eingeschlagene Bewegungsrichtung hin.

* * *

Früh am Morgen wirft der Spiegel im Haus Meer und Himmel zurück, die unbewegt am silbrigen Grund ruhen. Mit diesem Blick ins Übermächtige erhält der Tag Kontur und Glanz, ein lichtes Gewebe, darin jeder Gegenstand, jedes Ereignis die ihm zugedachte Stelle findet – bis dann ein weiteres Mal der Abend heraufzieht, die Nacht hereinbricht, die sich jedoch nur auf seine so fein geschliffene Oberfläche legt. Noch im Dunkel verströmt er das Wasser, den Äther, ja, ihm ein für allemal eingeprägt, atmet in und aus deren unanfechtbarem Blau, sein Hauch vermischt mit dem deinen.

* * *

Durch das kristalline Schweigen des Spiegels, sein quellklares Glas, aus zahllosen Brechungen zur bruchlosen Einheit gefügt, schaust du hindurch in den Raum des Erinnerns, entdeckst dich im Zug nach Genua, wo dir der Taubstumme den ihm eigenen Schlüssel zur Welt vor Augen führte, der Mund heftig bewegt, um die Laute visuell nachzuahmen, aufgeregt gestikulierend zum Preis einer erbetenen Münze: sichtbares, von Händen geformtes Alphabet in rätselhaften Figuren, das aus Zeichen spricht, auf Zeichen hört. Solchen wirst du jetzt folgen, inständiger noch, als du es bisher getan hast.

* * *

Letztlich besitzen wir keine Gewissheiten, sondern nur Zeichen optischer oder akustischer, linguistischer oder imaginierter Art, die uns zu erkennen geben, dass die Dinge, von welchen sie zeugen, aus dem Unsagbaren kommen und nach vollbrachtem Lauf wieder darin einkehren.

* * *

Während der nächtlichen Schiffspassage nach Palermo begleiteten mich, wie Schatten in der Ferne, Seferis, Elytis, Ritsos – jene griechischen Lyriker, die, durch die Sonne belehrt, den Kreislauf von Licht und Schatten einzubinden wissen in die Zeitlichkeit menschlicher Existenz. Als ich dann im ersten Frühstrahl an der Reling stand, war sie bestückt mit feinen Körnchen Salz, deren jedes himmlischen Glanz spiegelte, eine kleine Sonne war.

* * *

Wenn die künstlerischen Ausdrucksformen verbraucht sind, muss man fortgehen aus der Welt blinden Tuns, von sich, der Schattengestalt, und dieser Aufbruch wird eine Heimkehr sein in den unerschöpflichen Raum der Natur. Nur dort die rohe und wandelbare Sprache der Elemente, Urmuster jeder menschlichen Sprache, dort der untrügliche Widerhall allgegenwärtiger Quellen, betörende Schwingung, die den Untergang mit dem Aufgang verknüpft, Heilung verspricht, neu zu schöpfendes Leben.

* * *

Dieses Urverb *schöpfen* umschließt die beiden fundamentalen und zugleich komplementären Seiten unseres Daseins: das Vermögen zu rezipieren und das Vermögen zu kreieren.

* * *

Der Schaffensakt ist ein Sich-Losreißen: Man nimmt Abschied vom Vertrauten, von geliebten Wesen, unerbittlichen Umständen, um nur mehr Atem zu sein, Schweigen, Resonanzkörper. Eingeschlossen darin bleibt ein steter leiser Schmerz.

* * *

Wer sein ästhetisches Material weiter zu verfeinern, es vor der Macht bloßer Faktizität zu retten versucht, wird zwangsläufig immer einsamer.

* * *

Die Daseinsschwere ist manchmal unerträglich. Perioden abgründigen Schmerzes, der sich wie ein Riss durchs

Innere zieht, es vom Außen abtrennt, durchschossen von quälenden Erinnerungen, Absagen an ein unmögliches Morgen, bis Körper und Geist in völligen Stillstand verfallen. Nicht einmal die Hand kann sich regen, den Stift ergreifen ... Aber selbst dieser Zustand ist nur eine Facette dessen, was von der Dauer ausgeschlossen bleibt. Unerwartet – ist es ein lautloser Aufschrei? Ein bloßer Reflex des Lebendigen, das nie verharrt? Beides in einem? – bewegt sie sich, schreibt die hier auftauchenden Buchstaben, eine Barke aus Wörtern, an die sie sich klammert, um bar jedes Ziels wenigstens dem Ungewissen zu gehorchen.

* * *

Alles, was uns entgeht, undurchschaubar bleibt, vergisst – es ruft, zu Bewusstsein gekommen, einen bestürzenden Schwindel hervor, unter dem unsere kleine Welt zunichte wird.

* * *

Die Ankunft endlich, als könnte nichts sonst Befreiung gewähren, auf dem Ätna, wo der Pulsschlag der Erde deutlich vernehmbar ist und sich bisweilen in einem Donnern entlädt, das die bebauten Regionen ringsum erschüttert. Auf erkalteter Lava pocht das Magma wie schwerelos unter den Füßen, und so ist es von hier der kürzeste Weg hinauf zum Plasma der Sterne. Die Ebene dazwischen mit Haus und Garten prangt vor herbstlicher Üppigkeit: überall, so weit die Sinne reichen, diese

Vegetation, die nicht nur schöpferische, sondern visionäre Kraft besitzt, ihre wogende Vielfalt an Farben und Düften, mit denen sie ihre verlässlichen Botschaften übermittelt, überall Wachstum und Gedeihen aus dem Zerfall ... So gehst du einher zwischen Olive und Walnuss, Feige und Weinrebe, Zitrone und Mandel, jede Frucht ein Wegweiser durch die Wildnis am Tag, ein kleiner Glühkörper in der Nacht, der zwischen Zweigen und Blättern zu den flimmernden Körpern oben spricht, daran erinnernd, dass wir Sterngeborene sind.

* * *

Langer Spaziergang über die inzwischen mit einer dichten Schneedecke überzogenen Hänge des Vulkans. Unter gleißendem Himmel kann der Blick nicht genug haben an den bizarren Formationen älterer Schlacke, der immergrünen oder verblühten oder in Gestalt der Moose und Flechten neu hervorbrechenden Vegetation, dem Wechselspiel von lichterfüllten und umschatteten Zonen. Und dann diese Luft, diaphan, die das Gemisch gedachter Empfindungen, empfundener Gedanken höher hinauf hebt, doch nie ohne die implizite Rückbesinnung auf das Fundament in der Tiefe, das war, ist, sein wird: Meer, flüssiger Urgrund allen irdischen Seins. So kann das schweifende, in den großen Kreislauf verflochtene Auge, das ihn mit wilder Hingabe wahrnimmt, aus bedingungslosem Einverständnis anerkennt, nicht irren. Hier, vor den bizarren Ruinen bröckelnder Lava, weiß es und ruft: *Du* bist, du *bist*.

* * *

Ja, ich bin besessen vom Unermesslichen, von jener Reihung zahlloser räumlicher und zeitlicher Grenzen, Synonyme des Abgeschlossenen, Masken des gleichwie gearteten Todes, deren jede danach verlangt, überschritten zu werden – in einem Drang, unstillbar, der dem ersten Staunen huldigt, dank ihm in die nächste materielle oder immaterielle Welt vorstößt und genau in diesem Streben seine eigentliche Bestimmung findet.

* * *

Heute der Aufstieg zum Nordostkrater auf dreitausenddreihundert Metern Höhe. An dessen Rand wehen aus zahlreichen Spalten weiße Rauchfahnen, die der böige Wind nach Süden treibt, hinweg über die tiefer liegenden Wolken, während das Licht lotrecht herabfällt. Erschöpft, zugleich hellwach sinkt der Körper in die nachgiebige und feuchte, rotbraun und schwarz schimmernde Lava, von ihr kaum mehr unterschieden. Mit gebreiteten Armen ist er Membran, eins mit dem Urstoff, getragen von Erde, durchschienen von Himmel: Schweben als der natürlichste Vorgang überhaupt, gelöst aus der Schwere, dem Diesseits der Dinge, der ichhaften Verstrickung, reine Osmose zwischen Innen und Außen. An diesem Ende der Welt, wo ein glühender Klumpen augenblicklich neuen Anfang hervorschleudern wird, weichen Sein und Nichtsein nur um einen winzigen Grad voneinander ab. Du bist beider feine Grenze, bist hier und dort, bist nichts und alles.

* * *

Gekommen nun die Minute, da du in den rauchigen Schlund spähst, weit geöffneter Mund der Erde, bedeckt mit schwefligem Gelb, komplementär zum Blau des Himmels, des Meeres, umsäumt von urnächtlichem Schwarz. Im Gleichtakt die Detonationen aus der Tiefe, Wiederholungen derer, die den Planeten schufen und in dir nachhallen: Durch sie bist auch du geworden, flüchtiges Geschöpf, selbst ein Funke, ihnen geschuldet.

* * *

Von hier oben betrachtet scheint das Land wie erstarrt; die See aber schäumt auf, ihre wandernden Wellenkämme sind deutlich erkennbar. Es besänftigt, die beiden Prinzipien Ruhe und Bewegung in einem Bild so nah zusammen zu sehen, durchströmt vom Bewusstsein, dass sie, auf Geheiß des Wechsels, draußen genauso ineinander übergehen wie in den abgründigen Schichten der inneren Welt.

* * *

Zurück im Garten beobachtest du, erweckt und geleitet von der am Gipfel gesteigerten Wahrnehmungskraft, dies gelassene Schwingen des Zweiges nach dem Fall der Frucht. Wie eindringlich es zeugt von sublimem Einklang in der Natur, entstanden aus Bewegung und notwendiger Gegenbewegung, dem immer wieder neu austarierten Gleichgewicht, das auf schauendes Auge und empfangendes Organ eine unfassbar wohltuende, dich mit allem jäh verbindende Wirkung ausübt, beiden unvergesslich.

* * *

Da geschieht es, in deinem überwältigten Blick: Hoch oben, aus einem der Hauptkrater, eruptieren magmatische Fontänen zum Nachthimmel, regnen unter Donnerstößen, verwandt dem Herzschlag und seinem Metrum, als lodernde Brocken herab, wieder und wieder, eine einzige Verausgabung, ein reines Verströmen ... Die Erde, sie lebt, du lebst, lebst durch sie ... Schöpfung, nie verstummend, nie bezähmbar, vollbringt sich aufs Neue, in diesem Augenblick, der dein ist, dich teilhaben lässt an ihrem Werk, dir im inneren Beben eindringlich zu erkennen gibt, dass du, mitgerissen, aufgelöst, abermals entstanden, ihr unablösbar angehörst.

* * *

Aus dem Laubfeuer, das dir abends auf dem Weg erscheint, schießt, gerade als du daran vorbeigehst, eine lichterlohe Flamme empor, versprüht ringsum Funken und ahmt so, gleichen Elements, die gegenläufige Bewegung der hinter ihr herabfließenden vulkanischen Glut nach. Im blutroten Zucken, im sonnengelben Züngeln siehst du dich: erdhafte Ballung, ähnlich beschaffen wie jene, die unter der Wucht unabwendbarer Anziehung den Planeten aus gleißender Nacht hervorpresste, du, in amniotischem Wasser geworden und für immer von seinen geheimen Adern durchwoben, hörig der kreisenden Luft, die schwerelosen Atem entfacht, du wohnst, wandelbar und schattenhaft, zwischen diesem Brand und dem andern. Ihr Knistern und Prasseln, einzige Gegenwart, buchstabiert die seit jeher gültige Botschaft: *Auflodern musst du, dich verzehren, nur dann sinkst du hinab bis in die Nähe des Kerns, um neu zu erstehen, wieder und wieder, Geschöpf des Abgrunds, dem Sternenstrahl zugewandt, der nährt und stützt.*

* * *

Jeder Organismus steht mit der gesamten Natur in Wechselbeziehung. Nur der Mensch der Moderne, äußerst spät in die Geschichte eingetreten, tut so, als sei sie ihm die Fremde schlechthin. Diese Haltung muss sich rächen.

* * *

Durch den sich drehenden Wind bleibt ein Ton der Glocke aus, die Stunde um Stunde zählt. Sein Fehlen schmerzt, erinnert daran, was abhandenkam, nie in Erscheinung trat, für immer verloren ist.

* * *

Der Goldfisch im steinernen Becken vor dem Haus gewahrt den übermächtigen Schatten, den das Blumenblatt der Wasserlilie bis unter die Oberfläche wirft, und umschwimmt ihn wie ein Hindernis. Uns ergeht es nicht anders: Wir erliegen Täuschungen jeder Art – optisch, emotional, im Denken.

* * *

Du weißt, infolge Descartes' Diktum *Cogito ergo sum*, konstitutiv für das neuzeitliche Bewusstsein, hat sich das denkende Subjekt zunehmend von der ausgedehnten Substanz, der organisch-dynamischen Gesamtheit der Dinge, der allseits pulsierenden Natur gelöst. Obwohl die Selbstvergewisserung des Ich allein mittels seiner reflexiven Akte ein zweifaches Paradox beinhaltet – denn Denken ist immer Denken von Gegenständen und Denken ohne Körper unmöglich –, diente sie als methodischer Ansatz, die widerständige, nun aber geist- und leblos gewordene Materie zu unterwerfen, das heißt, berechenbar zu machen, zu verwerten und in einem fort auszuhöhlen. Die verhängnisvolle Konsequenz dieser so hemmungslos in die Praxis umgesetzten Anschauung: Mensch und Welt stehen sich unversöhnlich gegenüber, wie erbitterte Feinde, zwischen beiden klafft ein Abgrund, aus dem die Zerrbilder einstiger Übereinkunft steigen. Und je fremder dem Menschen die Welt, desto fremder wird er sich selbst: ein Refugium für Dämonen, die ihn unentwegt heimsuchen, denen er, ohne ausgleichende Instanz der natürlichen Kräfte, schutzlos ausgeliefert ist.

* * *

Die cartesianische Spaltung – mit der das von neuer exakter Wissenschaft spätestens seit Galilei bereits vollzogene Postulat der Quantifizierbarkeit und Messbarkeit der Dinge seine epistemologische und damit auch ontologische Grundlage erhält – beraubt den Menschen nicht nur der vormals innigen Verbindung zum Körper und seinen Sinnen, sondern, übergreifend, der zum Du in Natur und All. Das abstrahierte, auf mentale Funktionen beschränkte Ich begegnet allem anderen fortan in Gestalt entseelter Maschinen, zerlegbar in ihre Einzelteile, beherrschbar dank ihrem Mechanismus, fast beliebig herstell- und austauschbar aufgrund ihres reduktiven Charakters. So kann es sich als *Meister und Besitzer* der Wirklichkeit wähnen, die ihm eigentlich schon im selben Atemzug entfallen ist. Auf derart brüchigem Fundament ruht das Paradigma der gesamten Neuzeit.

* * *

Das verabsolutierte menschliche Subjekt cartesianischer Prägung ist ein Raubtier, das jetzt fühlt, wie seine Macht schwindet, wie es durch die peitschenden Gegenschläge der von ihm radikal entwerteten Objekte, der entfesselt sich aufbäumenden Natur mehr und mehr verletzt und in die Schranken gewiesen wird, weshalb es, aufgerüstet zum letzten Kampf, umso blinder wütet.

* * *

Die Attribute, die heute zuvorderst den Begriff *Vernunft* kennzeichnen – abgeleitet von *vernehmen*, damit aus der Sinneserfahrung gewonnen und ihr unauflöslich verbunden –, zeigen flagrant, wie weit sich jene von ihrer ursprünglichen Bedeutung entfernt hat. Sie ist einerseits *diskursiv*, läuft also buchstäblich auseinander, um linear einen Teil des Gegenstandes nach dem anderen zu erfassen, verliert hierbei aber, einer fragwürdigen Berechenbarkeit und glanzlosen Klarheit wegen, das unverbrüchlich Eine in seiner mäandrischen Vielschichtigkeit, den *hólos*, aus dem Blick; andererseits, und entsprechend dazu, *instrumentell*, mentales Werkzeug, das sich der Natur bemächtigt, um diese mittels Technik und Technologie den Kategorien der Ausbeutung, ja der Versklavung unterzuordnen, wodurch der Mensch zum gleichsam allgewaltigen Lehnsherrn der Erde mutiert, bereit für jederlei Spaltung und Auslöschung. In beiden Aspekten wurde die messende Vernunft zum Inbegriff maßloser Unvernunft.

* * *

Solch elementare Begriffe, die das innerste und äußerste Sein kennzeichnen, seinen Wert und Nimbus, seine Entwicklungen und Rhythmen: Seele, Wesen, Geist, dann Erde, Himmel, All, sind durch das berechnende Denken entwürdigt und von der jeweiligen wissenschaftlichen Disziplin vereinnahmt worden, in der sie nun eine verkümmerte, nicht selten umbenannte Existenz fristen, beraubt ihrer lebendigen wie belebenden Kraft, die sie doch allein aus der Wachheit der Sinne und der Hellsicht des Herzens schöpfen.

* * *

Die Metapher des zerbrochenen Spiegels, den die Moderne hinterlassen hat, ist für mich nach wie vor gültig. Viele, die dem scheinbaren Zeitgeist folgen, zertrümmern die Scherben noch einmal durch Sprache und verewigen damit den Status quo existenzieller Leere oder Sinnlosigkeit; ich hingegen will die Splitter zusammenfügen, ihren geheimen Verbindungslinien entlang den Bruchstellen nachspüren und so eine Ahnung von Kohärenz, von Sinnhaftigkeit empfangen.

* * *

Eindimensionalität des rational-technokratischen Denkens, Mechanisierung und Uniformierung des äußeren und inneren Lebens – sie haben längst Einzug gehalten in die poetische Rede, die in Tonfall und Duktus davon Kunde gibt. Dass sie ehemals vielstimmig, ausgreifend, unergründlich war, fiele den Verfechtern profaner Monotonien nicht einmal mehr im Traum ein.

* * *

Was dieser Dichtung fehlt, ist die Idee oder Vision, Erscheinung und Erfahrung auf jene Einheit zurückzuführen, aus der sie entsprungen sind und durch die sie, abseits der gewiss notwendigen Unterscheidungen und Abgrenzungen, erst begreifbar und eigentlich werden. Ohne leitende Idee aber fällt das Gedicht schon bald, als hätte ein Windstoß es erfasst, in sich zusammen wie ein Kartenhaus.

* * *

Die Bewegung des zeitgenössischen Gedichts ist zentrifugal, die des meinen zuerst zentripetal. Dort die Flucht weg von der Mitte, vom Kern, vom Innen: die Dispersion; hier die Rückkehr zur Mitte, zum Kern, zum Innen: die Konzentration. Dort der Blick auf den Teil, das Bruchstück, die Zerstörung; hier die Besinnung auf den Teil eines Ganzen, die verborgene Einheit, die Wiederherstellung.

* * *

Warum atonal dichten, wenn doch das, was die Natur zur Erscheinung bringt, eine ungeheure Tonalität bezeugt, die jeder Dissonanz ihre Stelle in der Ordnung des Ganzen zuweist?

* * *

Dichtung *ist* Atem und von gleichem Rhythmus wie er, systolisch und diastolisch; ohne ihn kann sie nicht leben. Der heute atemlose, in Stößen hervorgepresste und zwangsläufig zerstückte Vers überdauert vielleicht den Moment, strahlt aber nicht über ihn hinaus, bindet ihn nicht ein ins Kontinuum.

* * *

Die gelungene poetische Fügung hat ihr wesentliches Kennzeichen darin, dass sie sich genauso organisch, genauso notwendig öffnet und schließt wie eine

Muschel am Meeresboden, gehorsam der Strömung, die ihr feinstes Plankton zuträgt, wie eine nächtige Blüte, bestäubt durch Sternenlicht, wie eine erhobene, den Raum durchquerende Hand: ihr Empfangen schon immer ein Geben.

* * *

Die Lyrik braucht, ohne je selbst Philosophie oder Wissenschaft zu werden, die philosophische Tiefenschau ebenso wie die Komplexität wissenschaftlicher, integral ausgerichteter Erkenntnis. Allein so kann sie hoffen, auf die Höhe der Zeit, des darin eingeschriebenen Bewusstseins zu gelangen und diesen Prozess mit den ihr eigenen Werkzeugen darzustellen.

* * *

Das Gedicht strebt danach, in jedem seiner Teile einem Aspekt der Totalität Ausdruck zu verleihen.

* * *

Die intensive Arbeit am Gedicht erzieht den Autor, senkt ihn hinab in unerforschliche Tiefen, hebt ihn höher zur immer fernen Sphäre; die intensive Lektüre des Gedichts erzieht den Leser, verwandelt ihn in einen Teilhaber, der diese vitalen Bewegungen in komplementärem Verhältnis nachahmt, ihnen nach seinen Maßgaben Ausdruck verleiht und so zum Mitschöpfer wird.

* * *

Gelesen zu werden in poetischer Schrift ist ein erotischer Akt. Irgendwo in der Ferne gleiten die Augen einer Frau über die gewölbte oder steil ansteigende Architektur der Buchstaben, Wortmaterie, geschöpft aus dem Innern wie glühende Lava, wie duftende Essenz, nehmen sie in sich auf, leiten sie über Nervenbahnen hinab zu einem unzugänglichen, wesenhaften Grund, der ihr gegenüber zu vibrieren beginnt, bereit für die Überlagerung von Schwingungen verwandter Frequenz, um nun, für die Dauer einer unsterblichen Lichtsekunde, ganz Selbst zu sein.

* * *

Unter all unseren Bedürfnissen ist das nach Auflösung in der Ekstase das stärkste. Wir wollen nichts als fließende Glut sein, ähnlich jener am Anfang des Planeten.

* * *

Ob du, Leser, an diesen manchmal fast gebundenen oder ungebundenen Reden Gefallen findest, ist gleichgültig; ob ich sie mag, hat ebenfalls keine Bedeutung. Sie *sind*. Das ist letztlich ihr einziges Charakteristikum, und sie teilen es mit dir in deiner Existenz.

* * *

Auf dem Schreibtisch steht nun eine weiße Schale voll Lavastaub. Daneben liegt eine Schwarz-Weiß-Abbildung der Galaxie NGC 4565 mit auffälligen Dunkelwolken. In diesem Spannungsfeld zwischen dem Nächsten und Fernsten, dem Erloschenen und Eruptierenden, dem Untergang und der Neugeburt muss das Gedicht sich den Weg bahnen, seine Form annehmen, um vom Unsagbaren zu sprechen.

* * *

Vorhin öffnete ich eine Walnuss, betrachtete das ingeniöse, in die Schale gefügte Bauwerk und sah zugleich ins Innere des Gehirns mit seinen Synapsen, die alle neuronalen Impulse zu funktionsfähiger, sinnstiftender Einheit verknüpfen. Die Natur bedient sich durchgängig ähnlicher, in irgendeiner Frühe für gut befundener Formen, Verfahrensweisen, Zwecke, um ihre verschwenderische Fülle zu ordnen und zu erhalten. So ist sie stets eins mit sich und zugleich in jeder ihrer Gestaltungen anders, denn keine davon bildet das bloße Duplikat einer älteren. Endlose Variation des gleichen Themas, doch bereits mit dem Drang, die Entwicklung weiter voranzutreiben und neuartige Schöpfungen hervorzubringen. Daher sind auch wir nur *ein* Mal und kehren nicht wieder, eine Durchgangsform auf dem Strahl des Lebendigen.

* * *

Desgleichen offenbart der Blick ins Innere eines vibrierenden Zellkörpers ähnliche Strukturen und Muster wie der ins Innere eines pulsierenden Sterns. Alles ist mit allem morphologisch wie auch substanziell verwandt.

Nur die Zusammensetzungen und Größenverhältnisse sind unterschiedlich.

* * *

Das Gedicht selbst ist ein Organismus, dessen sprachliche Strukturen den naturgegebenen Prinzipien und Regeln folgen. Was auf den Menschen als Geschöpf zutrifft, gilt notwendig auch für seine Artikulationen.

* * *

Bei einem poetischen Gebilde muss man sehen und hören, empfinden und erkennen, dass alles mit allem zusammenhängt, alles mit allem spricht und wechselwirkt.

* * *

Dichtung buchstabiert jetzt Natur nach, dekliniert deren Ursachen, konjugiert deren Wirkungen. In Kulturen, die ihr nah waren, symbiotisch durch sie und mit ihr lebten, bedurfte es keines solchen Unterfangens. Der moderne Mensch jedoch ist zum Analphabeten der Natur geworden, seinem Lebensquell zutiefst entfremdet.

* * *

Grenzenlose Kombinatorik der Natur, widergespiegelt in den beziehungsreichen Verknüpfungen der Syntax, den widerhallenden Assonanzen und Alliterationen der Silben, den mannigfachen Abwandlungen der Metrik: Abbild des Unermesslichen.

* * *

Durch ihre bis ins Unergründliche vernetzte Struktur, ihre kontinuierlich miteinander wechselwirkenden Vor- und Nachsilben, verbunden einem Stamm, der wiederum zur nie zerlegbaren Wurzel hinabführt, ihre äußerst variantenreichen Beugungen gemäß Genus, Kasus, Numerus und dergleichen gibt die Sprache im Ganzen mit rigoroser Bestimmtheit zu erkennen, dass keine noch so winzige Einheit von der anderen für immer getrennt sein kann, dass diese vielmehr nur in der *Komposition* ihre wahre Bedeutung erfährt, solchermaßen über sich hinausweist in angrenzende oder entfernte Wortfelder, ohne deshalb die Eigenständigkeit einzubüßen. Jene synthetisierende, Kohärenz gewährleistende Dynamik wird exemplarisch deutlich, weil hörbar, an den zu sonorer Lautmalerei verdichteten Assonanzen und Alliterationen. Im Adjektiv *allein* etwa hallt die zweite der Partikeln von *überein-* wider, die im Zuge einer weiteren graduellen Verschiebung zum Partizip Perfekt *vereint* überleitet, wodurch der anfängliche Zustand der Vereinzelung bald in sein Gegenteil umschlägt. Im Refugium der Buchstaben herrscht, wie bei Wellenbewegungen, das Prinzip mannigfacher Emission, Interferenz und Transmission vor, infolge deren die Verhältnisse dauernd abgewandelt und schließlich auf den Kopf gestellt werden, jedenfalls nichts in der Abgeschiedenheit verharrt, nichts dem Sog der Verwandtschaft und Ähnlichkeit entgeht, nichts bleibt, wie es war. Hierin bezeugt sich das wesenhafte Muster allen Geschehens außerhalb der Sprache, die seinen untrüglichen Spiegel darstellt.

* * *

Ah, und das Partizip Präsens, welch einfaches und zugleich geheimnisvolles poetisches Mittel, jenen Augenblick zu vergegenwärtigen, in dem Wort und Vorgang zusammenfallen. Die Welt bleibt in der Schwebe, kreist in sich, als wäre weder Anfang noch Ende, nur Gleichzeitigkeit und Allgegenwärtigkeit.

* * *

Die Verbindung von Metrum, bestimmter Silbenzahl und schwingendem Rhythmus, enthüllt schon in den Eingangsversen des Poems, vernichtet überflüssigen Stoff, verhindert den Abfall der Spannung, wie er aus eher ungeordneter, prosaisch gefärbter, kaum einer Zäsur verpflichteter Aufzählung resultiert. Distinkte Form wird zur Richterin über den Inhalt. Hierin liegt die Norm für das fortan zu schreibende Gedicht, entnommen dem Gefüge der Natur selbst: ein wiedergewonnenes Maß inmitten all des Maßlosen, das uns beherrscht.

* * *

Erinnere dich: Wenn die Welt nicht im Wort wäre, in der materiellen Beschaffenheit der Buchstaben, die direkt ins Geistige überleitet, existierte sie für uns nicht. Es ist vor allem der Laut, Träger der Schwingung, Gestalt des Atems, der diese unsichtbare Brücke schlägt.

* * *

Du musst es dir wiederholen, denn die Gegenwart, Ort des Vergessens, scheint dafür kein Organ mehr zu haben: Der Buchstabe bildet den paradigmatischen Übergang von der Materie zum Geist. Dennoch, wie können wir heute derart geistfern, ja geistfeindlich sein?

* * *

Man begreift jetzt meist nur noch das Buchstäbliche, als wäre der Sinn verkümmert für den Raum jenseits der Wörter, der sich immer weiter ausdehnt und vertieft in verschachtelte Dimensionen des Metaphorischen und Symbolischen, wo die sogenannte reine Vernunft nicht hingelangt, wo aber geist- und lebensstiftende Bedeutung erst erfahrbar wird, weil das Materielle sich am Immateriellen erkennt, die Abstraktion gepaart ist mit Imagination, wie es gerade die großen Mythologien der Antike dem Menschen vor Augen führten.

* * *

Gegenwart ist nicht nur das, was ist; sie birgt auch und vor allem, was sein kann, was immer schon war: das reine Versprechen auf Zukunft, genährt aus archetypischen Signaturen der Vergangenheit.

* * *

Das größte aller Bücher ist das Wörterbuch, denn in ihm ist, vergleichbar einer heiligen Schrift, das ganze Sein in horizontaler wie in vertikaler Ausdehnung, vom verheißungsvollen Urlaut am Anfang bis zum zischend ausgestoßenen Seufzer am Ende und darüber hinaus zu einem abrupt oder zyklisch sich wiederholenden Auftakt prinzipiell enthalten in Gestalt codierter, je anders variierter Silbenfügungen, deren jede es keimhaft darstellt. Zusammen bilden sie den im Innern aufbewahrten, unverzichtbaren Schlüssel, mit dem wir uns einen Weg bahnen durch Welten, ob geistig oder körperlich.

* * *

Die Sprache selbst ist ein Meer, viel größer als wir, die sie erfunden haben. Indem wir darin untergehen und uns verlieren, finden wir zu uns.

II

Fern dem Ätna, seinen tellurischen Kräften, die in jeden Untergang den Samen der Auferstehung mischen, scheint die vergehende Zeit dezentriert, als fände sie inmitten bedrängender Realitäten keine Form, die der mechanischen Abfolge von Augenblicken das Gewand der Dauer überzustreifen vermag. Sie sind durch und durch vom Ende her definiert. Das unerhörte Reich des Möglichen verschwindet im Reich des unabänderlich Wirklichen.

* * *

Abschiede, Abschiede für immer, wie ein Siegel dem Schriftstück geteilter Vergangenheit aufgedrückt. Die einzelne Gestalt, so unverwechselbar sie hier war, bleibt im Angesicht des Todes nur Schatten, *persona*, Maske … Erst wenn wir das Leben an sich, in seiner unumschränkten Ganzheit und Mannigfaltigkeit zu erfahren suchen, kann es dem Tod gegenüber bestehen und in eine Gleichung mit ihm treten. Zwangsläufig heißt dies: Das Ich muss durchlässig werden für das Du in all seinen Erscheinungsweisen, ob Mensch, Tier oder Pflanze, sogar Stein und Stern, um jenes Andere als Verkörperung integraler Merkmale der eigenen Existenz zu erkennen und zu empfinden. In unserer Stofflichkeit wie in unserem Bewusstsein wirkt es fort als Spur, die formative Kraft ausübt und damit bestätigt, dass die Trennung zwischen den Wesenheiten bloße Illusion ist, dass ein untrügliches Gesetz sie über Zeiten und Orte hinweg auseinander hervorbringt, miteinander verknüpft und aufeinander abstimmt: Ich ist Natur, Natur ist Ich ... Demgemäß verbietet sich von selbst jede Art subjektbesessener Anschauung. Sie ist nicht nur evolutionär unhaltbar, sondern auch ontologisch falsch und arbeitet folglich dem Tod in die Hände, lässt ihn triumphieren und jubilieren.

* * *

Noch – oder gerade? – in seiner Abwesenheit durchquert der Schemen des entschwundenen Wesens meine Fasern, zerrt daran mit einer Gewalt, zu der keine Anwesenheit fähig wäre, und jede dieser Regungen verursacht Sturz, schroffe Unnahbarkeit, schnelleres Sterben.

* * *

Ich sage »Du«, und das Wort öffnet den Raum, verwandelt sich wieder und wieder, wird eine ganze Welt.

* * *

Nicht: Ich denke, also bin ich, sondern: Ich bin nur, weil ich Du bin. Das ist die Formel für das künftige Zeitalter.

* * *

Ein jeder ist sehr klein, ungeachtet seiner Insignien namens menschliche Würde und Selbstbestimmung. Wir können nur dann ein wenig über uns selbst hinausgelangen, wenn unsere Einsicht von tief innen und zugleich von weit draußen gespeist wird ... Was aber bleibt, sobald das Kreisen um Ego und Psyche endet? Es bleibt, was immer war, immer sein wird: der Mensch in seiner unverhüllten Existenz, ausgesetzt den Kräften der Erde und des Alls, das sie mitsamt ihm einfasst und um ein paar Ewigkeiten überdauert. Daran vermag keine noch so verschworene Gemeinschaft, kein noch so wohlklingendes, allzu verführerisches Ideal etwas zu ändern.

* * *

Die unantastbare Souveränität des Menschen, zumal des modernen? Sie schmilzt dahin gleich einem Tautropfen in der Sonne, sobald er, gewohnter wie betäubender Sicherheiten entledigt, dem Übermächtigen begegnet – sagen wir in Gestalt eines der urzeitlichen Wildnis entsprungenen Prädators, eines verheerenden, ihn in die natürlichen Schranken weisenden Orkans, eines saugenden, in hiesiger Galaxie verborgenen Schwarzen Lochs. Da zuckt er zusammen, ergibt sich seiner Blöße, erinnert sich, falls ihm ein weiterer Aufschub gewährt wurde, seines überaus prekären Zustands, nur um dessen Lehre dann insoweit wieder zu vergessen, wie er die Lage mittels der üblichen Handgriffe zu meistern glaubt. Er hat noch einmal überlebt, kann fortfahren in der Verleugnung seiner wesensmäßigen Unterlegenheit, das allein zählt.

* * *

Die erste Eigenschaft des Menschen ist seine Ohnmacht gegenüber dem, was ihn unendlich übertrifft.

* * *

Doch die Wunde umschließt alle Möglichkeiten für das Wunder. Das Leiden zieht uns hinab in die eigenen Abgründe, wo wir unserer Versäumnisse, Irrtümer, Lügen gewahr werden; erst an dieser tiefen Stelle sind wir bereit, sie im Anderen zu begreifen, anzunehmen, zu verzeihen. Und indem wir dies leisten, wird uns bewusst, dass sie nichts als die Kehrseite einer eigentlichen Wahrheit sind, die jedes Wesen von innen her bestimmt – denn sonst wäre es nicht –, der es also nicht entfliehen kann.

* * *

Eine erlittene, noch nicht vernarbte Wunde vermag zwei Menschen, die sie auf ähnliche Weise in sich tragen, ebenso eng miteinander zu verknüpfen wie die geteilte Glücksempfindung, und manchmal reicht ihr Band noch tiefer hinab, bis hin zu jener Wunde, aus der beide entsprungen sind.

* * *

Wir sprechen und leben in Bildern und Anspielungen, weil das Wahre selbst unaussprechlich ist. Wie den mystischen Philosophen bleibt uns nur die *via negationis*, auf der wir ihr tastend, ausgestattet mit den hellsichtigen

Gaben der Vorstellungskraft und der Ahnung, für Augenblicke näher kommen, während sie sich im gleichen Maße entzieht. Mehr als diese fortlaufende Bewegung ist uns nicht versprochen.

* * *

Der an- und abschwellende Rhythmus des Lebens reißt uns mit sich fort. Weder in der Freude noch im Schmerz können wir uns einrichten. Zerrissen zwischen der Erinnerung an Momente, die im Strom der Geschehnisse zuweilen aufblitzen, und dem Blick voraus auf das Kommende, Verursacher der Sorge, sind wir von Anfang an Verlorene, nach Halt Suchende, den es nirgendwo zu geben scheint. Auch Theorien und Lehren, ob philosophischer oder religiöser Herkunft, können ihn günstigenfalls nur kurzzeitig gewähren, weil ihre Abstraktionen und Postulate auf einem mehr oder weniger idealen Zustand beruhen, der unserer zwiespältigen Erfahrung widerspricht. Was aber dann? Zwei Auswege bieten sich. Der eine führt mitten hinein in die Domäne des Materiellen, die als einzige Wirklichkeit betrachtet wird und zumindest die Befriedigung unaufhörlich suggerierter Bedürfnisse verheißt, die unheimliche Zerstreuung, den durch das Blendwerk der Produkte und Innovationen entfesselten Rausch: das Signum der westlichen Zivilisation. Der andere besteht in der rigorosen Abkehr davon, in jener strengen Arbeit an sich selbst – mit dem Ziel, nach besten Kräften seine Wahrnehmung zu verfeinern und dergestalt das Bewusstsein zu heben, dass es eine intuitive Einsicht in die gesetzmäßigen, lichtdurchfluteten Zusammenhänge und Abläufe von Natur und Kosmos ermöglicht. Allein der Mensch, der an das Höhere rührt, vermag dessen transzendente Botschaft auf der immanenten Ebene zu befolgen, in gültige Vorstellung und dann geläuterte Handlung zu übersetzen. Doch wird er stets ein Einzelner sein, ein Grenzgänger, ein Fremder, getrieben von der unstillbaren Liebe zum betörenden Jenseits, das im Diesseits Ausdruck finden soll.

* * *

Zweigeteilte Existenz, die wohl auch schizophrene Züge trägt. Einerseits eintauchen in die Stoffe des Lebens und darin aufgehen, ohne Gedanken an das geschriebene Wort. Andererseits ausschließlich kreisen um das Wort und ihm hörig, ohne Verlangen nach äußerem Leben. Das Entzweibrechen wird nur verhindert durch die hier wie dort herrschende Hingabe.

* * *

Glaube dem Leben, seinen Fügungen, wohin sie dich auch führen, selbst wenn du sie nicht durchschaust. Der Weg ist zu gewunden, die Macht der vielfach auf ihn einwirkenden Kräfte zu groß, als dass du dazu imstande wärst. Zur rechten Zeit, in einem wahrhaften *kairós*, wirst du der Schleife deines Daseins gewahr – der Acht, der Unendlichkeitsziffer, die alles mit allem verbindet.

* * *

Das Leben weiß alles über uns. Es hat uns empfangen, ausgetragen, zur Welt gebracht und hierher geführt. Allein deshalb können wir – hinter dem Schmerz, trotz der dunklen Felder, die uns für immer unzugänglich bleiben – ihm vertrauen, bis in jene künftige Ferne, die uns zugemessen ist.

* * *

Es sind die Verse, die mich auf meinem Weg durch die Wirrnis leiten, ihre Einflüsterungen aus dem Nirgendwo, die Halt gewähren: unsichtbare Stäbe, die auf eine verborgene Ordnung hindeuten, erfüllt von sinnträchtigen Mustern, irisierenden Lichtern, befreienden Lauten.

* * *

Wer den Weg *(sentier)* geht, gibt seinem Tun einen Sinn *(sens)*, fundiert durch die Wahrnehmung der Sinne *(sens)*. Weg, Tun und Sinn sind demnach im Grunde eins. Mit jedem Schritt entfaltet sich der Sinn weiter, der innere und äußere Richtung *(sens)* einander annähert und allmählich zur Übereinstimmung bringt. Beide haben ja das gleiche Ziel, das der Weg immer schon einschließt und zunächst noch undeutlich vorwegnimmt. Selbst die Abweichung, der scheinbare Umweg, ist eine Facette des Weges. Dessen Hindernisse tauchen nur auf, um überwunden zu werden, was früher oder später zwangsläufig geschieht, denn auch sie gehören zum Weg. Ansonsten kann nichts den Wandernden im Kern erschüttern. Er folgt seinem Weg, unbeirrbar, und genau dadurch wird ihm von überallher zuteil, wonach jegliches Sehnen trachtet: Bedeutung *(sens)*.

* * *

Schreiben ist nicht nur der Gang in die Tiefe der Wörter, zu ihren weitverzweigten Wurzeln, die allesamt unterirdisch miteinander verbunden sind, sondern auch in das Jenseits der Wörter, wo sie verwandelt fortbestehen als Klang, dessen Echo nie aufhört zu kreisen, zu kreisen …

* * *

Buchstaben besitzen die magische Macht, Geister zu beschwören, die liebenden wie die unheilbringenden. Aber gehören diese nicht zusammen wie Brüder, sind sie nicht Ausdruck ein und desselben Wesens?

* * *

Dich immer wieder ausrichten an der Natur, in ihr lesen wie in einem Buch, das die Identität von Zeichen und Bedeutung spontan erlebbar macht. Daraus schöpfst du Kraft und Zuspruch gegenüber dem Menschenwerk, charakterisiert durch die Kluft zwischen beiden. Hier irren die Gesten umher auf der Suche nach ihrem Sinn, nah dem Rand einer stets gegenwärtigen Leere, die sie zu verschlingen droht. So regiert die Angst, an der sich die Feindseligkeit entzündet, die bald jederlei Unglück hervorruft. Fataler Kreislauf, völlige Verkehrung dessen, was die Natur unwiderruflich bezeugt.

* * *

Wenn das Gedicht keine Verankerung in den elementaren Energien und Prozessen hat oder, auf den geschichtlichen Moment bezogen, nicht unter dem unerbittlichen Druck gewaltsamer Verhältnisse steht, erstarrt es leicht in formaler Attitüde und anekdotischem Ton, der zur Ausflucht durch Ironie oder gar Zynismus neigt. Es wird gewissermaßen zum Einfallstor für jene Saturiertheit, Vergessenheit, Beliebigkeit, die unser tägliches Dasein bestimmen, und bildet derlei Zustände sklavisch nach. Damit aber ist es seiner ursprünglichen Kraft beraubt, nämlich einen Spalt ins Unbekannte zu öffnen, das zugleich befremdet und bezaubert. Ohne Motiv, selbst nur ein Trümmerteil, treibt dieses Gedicht ziellos dahin auf der Oberfläche des Überflusses.

* * *

Jeder Vers muss Schneisen schlagen in eine andere Wirklichkeit, die der Ebene scheinbarer Wirklichkeit zugrunde liegt und sie gleichzeitig übersteigt. Gelingt ihm das nicht, bleibt er selbst nur scheinbare Wirklichkeit.

* * *

Angesichts überhandnehmender planetarischer Katastrophen ist das individuelle Schicksal nicht mehr ablösbar vom kollektiven Schicksal der hiesigen Lebensformen, welcher Natur sie auch seien. Unter derart bedrängender Voraussetzung kann gewiss nicht jene lyrische Schreibweise noch Anspruch auf Authentizität und Legitimität erheben, die stark personalisierte Auffassungen und Befindlichkeiten zum primären Gegenstand erklärt oder etwa durch ebenso repetitive wie effektheischende neoavantgardistische Sprachspielereien nur ein weiteres Zeugnis für spätmoderne Vergesslichkeit und Willkür ablegt. Sonach steht das Gedicht, den düsteren Zeichen der Zeit verpflichtet, vor der wahrhaft titanischen Aufgabe, abermals die Konturen immanenter und transzendenter Zusammenhänge nachzuzeichnen, insbesondere ihnen fokussierten Ausdruck zu verleihen und hierin seinen eigentlichen Auftrag wiederzuentdecken. Die mit den chronischen Verhängnissen unweigerlich einhergehende Bewegung vom lokalen zum globalen Denken diktiert ihm die maßgebliche Richtung, ohne Rücksicht auf Bedürfnisse, Neigungen, Grenzen seines Urhebers.

* * *

Das Gedicht muss klingen. Selbst inmitten der Zerstörung muss es, als sei gerade dies dann seine ungeahnte, umso größere Aufgabe, aus Missklängen klingen, so tastend und schwermütig die Töne aus den Silben aufsteigen mögen. Darin bekundet sich seine Hoffnung, nicht der stets virulenten Versuchung der Illustration zu erliegen, die den bestehenden Verhältnissen huldigt, indem sie ihnen noch immer eine Form von Glauben schenkt.

* * *

Die sehenden und hörenden Hände des Lyrikers aber, sie greifen nicht mehr in die Tiefe der Erde, nach der Höhe des Himmels.

* * *

Nicht von ungefähr entstehen heute notwendige Verse eher an der Peripherie des Abendlandes oder abseits davon, wo der technologische Wahn mit all seinen Systemen und Geräten die Innenwelt noch nicht ausgehöhlt hat. Dort spricht weiterhin, wenn auch gefährdet, der *daímōn*, spannt den Lebensbogen von bewahrter Erinnerung an die Erd- und Allverbundenheit des Menschen zu der je auszudeutenden Idee seiner keineswegs nur utopischen Bestimmung und wirkt so poetisierend.

* * *

Die künstliche Armut des gegenwärtigen Kauderwelsch durchstoßen, um zur wesentlichen Armut der Sprache, ihrer geheimen Archaik vorzudringen. Daraus wird, funkengleich, eine erste Chiffre aufstieben, die neues Denken entfacht. Man täusche sich nicht über den nachhaltigen Einfluss eines solch reinigenden Unterfangens, denn wo die Wörter zerfallen, hat auch die Gesellschaft keinen Bestand mehr.

* * *

Die Sprache der Jetztzeit – Sammelbegriff für die Ausdrucksformen des instrumentellen Denkens und des Konzepts, der rasselnden Rhetorik und der Banalität – ist so oft einförmig, entleert, wie abgestorben, weil sie die Verbindung zum Urwort verloren hat: zur unsagbaren Keimzelle der Buchstaben, darin verborgen das frühe Licht pulsiert, also zum Abgrund des Seins, aus dem jeder Laut, jede Silbe, jedes Anzeichen von Leben hervorgeht. Erst in künftiger Epoche, lange nach der unseren und von ihr verschiedener als der Tag von der Nacht, mag jene verschollene Nabelschnur wieder zum Vorschein kommen – glänzend, voller Verheißung, reine Gabe, die einer unbekannten Welt vielleicht zum Fundament wird.

* * *

Da ist sie, die Öffnung ins Unsagbare. Dies ist mit die ungeheuerlichste Erkenntnis, zu der das menschliche Bewusstsein je gelangen konnte: Weniger als fünf Prozent des Universums bestehen aus Materie, wie wir sie kennen, während sich der Anteil an Dunkler Materie auf etwa fünfundzwanzig Prozent, der an Dunkler Energie auf über siebzig Prozent beläuft. Mit anderen Worten: Staub und Gas im interstellaren Medium, Sterne und Galaxien sind, insbesondere dank Dunkler Materie, die deren Zusammenhalt gewährleistet, aus dem Verborgenen hervorgegangen und weiterhin in jedem Nu von ihr durchdrungen – ebenso wie sämtliche Daseinsformen auf dieser Erde, verteilt über die Stufenleiter vom scheinbar Unbelebten bis zum Belebten. Oder, wieder anders gewendet: Das Sichtbare bildet nur einen winzigen Ausschnitt der Wirklichkeit, die maßgeblich vom Unsichtbaren beherrscht und gestaltet wird ... Auf solch entscheidender Prämisse müssen Wissenschaft, Philosophie und Kunst, ja alle Disziplinen, die das hiesige Leben strukturieren und organisieren, von nun an aufbauen. Kein wissenschaftliches Gesetz kann sich mehr begnügen mit dem mathematisch Beweisbaren, kein philosophisches Denkmodell mit dem begrifflich Fassbaren, kein künstlerisches Werk mit dem sinnlich Wahrnehmbaren. Ein jedes muss durchlässig werden für die Kräfte und Wirkungen jenseits der Formeln, Axiome, Konzepte und in seinen Darstellungen darauf Bezug nehmen – auf den schattenhaften Hintergrund der Schöpfung, das namenlose Geheimnis.

* * *

Und die Dunkle Energie? Sie dehnt den Weltraum immer weiter aus, treibt die Galaxien immer weiter voneinander weg, dem Unendlichen entgegen. Wie schnell unser Auffassungsvermögen kapitulieren muss ... Das Unvorstellbare aber nimmt den höchsten Rang ein, verlockt und erregt uns stärker als alles Vorstellbare. Diffus ahnen wir: Als Inbegriff des Jenseits birgt es auch den Schlüssel zu unserem Dasein, das darin *aufgehoben* ist, aufbewahrt und zugleich aufgelöst.

* * *

Der Horizont unseres Denkens und Trachtens liegt dort, wo wir ihn setzen. Aber da der kosmische Raum sich unermesslich weitet, kann auch jede im Irdischen gegebene Grenze nur eine vorläufige sein. Sie drängt geradezu darauf, weiter hinausgeschoben zu werden. Genau diesen Akt muss jetzt insbesondere die Dichtung vollziehen.

* * *

Wo das verpflichtende geistige Prinzip aus der Zeit entschwunden ist, fehlen auch der Lyrik Begründung und Ausrichtung, und so muss sie alles Sinnhafte und Sinnstiftende ablehnen. Die in ihr zum Vorschein kommende Welt ist ein merkwürdiges Konstrukt ohne ursprüngliche Kraft, ohne Absicht und Zweck, das Leben eine Art Einbildung, weil es der Größe menschlichen Vorstellungs- und Empfindungsvermögens entbehrt. Da nun aber die Astrophysik auf ungeheure Ballungen von lichter und dunkler Energie in den Tiefen des Alls stößt, die Quantenphysik auf feinste vibrierende Filamente oder Wellen am Grund der Materie, lässt sich die vorherrschende Anschauung nicht länger aufrechterhalten. Das Sein, ob auf der Erde oder jenseits ihrer, bildet sehr wohl einen aktiven, systematischen, zielorientierten Organismus, ganz und gar durchwirkt mit schöpferischem Bewusstsein. Solch umwälzende Tatsache wurde bisher weitgehend ignoriert, denn das am Dinglichen haftende Denken, noch immer unter dem Bann der Auffassung, die Natur sei ein lebloser

Mechanismus, ist müde geworden, saumselig. Das neue Verständnis kann sich erst in dem Maße durchsetzen, wie der Mensch am Verlust von Sinn allmählich erstickt. Auf diesen zu verzichten, das Verlangen nach ihm zu leugnen, wäre eine Absage an genuine Humanität, gleichbedeutend mit Selbstauslöschung. Allein *in extremis* wird es, geschürt vom wiedererweckten spirituellen Bedürfnis, das ebenfalls Zyklen unterliegt, die zu erwägende und zu erfühlende Ganzheit im Kleinen wie im Großen abermals anvisieren.

* * *

Wer den von kosmischer Vision durchdrungenen Versen lauscht, mag zunächst Pascals Schauder vor dem ewigen Schweigen der siderischen Räume nachempfinden und nicht minder entsetzt sein; darin bekundet sich das Eingeständnis der eigenen Nichtigkeit. In einem zweiten Atemzug aber wird jene vergessene oder verdrängte Sehnsucht erwachen und von ihm Besitz ergreifen – die nach dem alles Umfassenden, dessen Abdruck jeder in sich trägt, um Fesseln zu sprengen, die an das Gewöhnliche binden, auf Schritt und Tritt an unverrückbare Grenzen gemahnen. Sie ist bereits geistiger Sprung, der Befreiung, gar Erlösung in diesem Leben bedeutet. Daraus resultiert die nicht mehr zu bestreitende Einsicht, dass der Mensch in seinem Sosein an das Universelle geknüpft, mit ihm zutiefst verwandt, demnach selbst universell ist. Wie aus dunkler Erinnerung an den ersten

Leib, der ihn umhüllte, weiß er sich beherbergt im Sein, und diese Wahrheit beseitigt die Chimäre existenzieller Einsamkeit, heraufbeschworen durch das neuzeitliche Paradigma, schenkt ihm die vermisste Obhut, versöhnt ihn mit unauslöschlichem Licht. Es ist das der Sterne, widergespiegelt in der pulsierenden Leidenschaft, kontinuierlich weitere Sphären zu durchmessen und damit ungeahnte Potenziale des Bewusstseins auszuloten. Mit einem Wort: Er wird den Spuren Giordano Brunos folgen, der die kosmozentrische Perspektive begründete, unerschrocken, beständig angezogen von den Schwingungen aus dem Unermesslichen, um sich daran auszurichten, zu steigern, und ihm so den Weg vorzeichnete.

* * *

Unsichtbare Verbindungen, erfüllt von magnetischer, wie im Weltall noch über größte Entfernungen wirksamer Anziehungskraft, sind enger und dauerhafter als die sichtbaren.

* * *

Die *conditio humana* aber steht tatsächlich unter dem Unstern des Scheiterns. Wir scheitern immer wieder, im eigenen Denken und Tun wie auch in den Beziehungen mit anderen. Selbst unser Ansinnen, das Scheitern zu verklären, ob im Leben oder im Werk, ist zum Scheitern verurteilt.

* * *

Der Mensch, der unersättlich nach Konsum einerseits, nach virtueller Welt andererseits trachtet und damit in immer tiefere Feindschaft zu der auf Mitte, Maß und Materialität bedachten Natur gerät, zu derjenigen also, die ihn hervorgebracht hat und die er nun durch eine Art rituellen, gleichwohl profan vollzogenen Muttermord offenbar vernichten will, entgeistigt, entseelt, entkörpert sich selbst. Wie könnte er überleben? Es gilt die Formel: Je näher der Untergang der Epoche rückt (denn wir befinden uns gleichsam in einem späten Rom), desto mehr wird in fast sämtlichen Bereichen produziert – Waren und Informationen, Bilder und Worte, die im Sog allgemeiner Betäubung ihr inneres Vakuum umkreisen. Angeschlossen an vielerlei Apparaturen redet man und redet, weil einem das Wasser schon bis zum Hals steht.

* * *

Wo gibt es sie noch, die wohlverstandene Askese? Wäre nicht der Lyriker, der in *einem* Ding Sinn erahnt, aus *einem* Wort Welt auferstehen lässt, *per definitionem* zu ihr berufen?

* * *

Die Schlacke erschöpfter, von Katastrophen heimgesuchter, wie ein steuerloses Schiff vor sich hin driftender Moderne, die Denken und Fühlen umschließt und abzutöten droht, musst du aufbrechen, ein ums andere

Mal, und gerade in dieser Tat mag sich dein Amt – welch überkommenes Wort heute! – erweisen, bei dem weder religiöse noch säkulare Doktrin dir Beistand leistet. Du bist allein, ein geistiger Krieger, der auf wüstem Schlachtfeld um die Wiedergewinnung eines verlorenen Worts, einer verschollenen Idee ringt, um die Bewahrung einer Seele inmitten des Seelenlosen, dessen also, was Atem gewährt, eine Handvoll Licht, ersehnten Einklang mit der vergehenden, unwiederbringlichen Erscheinung und ihrem Wesen: das Schlichte, absolut Notwendige selbst. Es ist dein spärlicher Proviant für noch zerrüttetere Tage, Nächte, von verheerendem Blitz durchzuckt.

* * *

In Lethargie versunken, schweigsam, abwesend harren wir aus vor Bildschirmen, über die zahllose Bilder der Zerstörung flimmern: einstürzende Eismassen an den Polen, abbrennende Wälder am Äquator, Wirbelstürme, Fluten, Dürren, die zunehmend heftiger und öfter über den Globus hereinbrechen … Wir wohnen dem brachialen Aufruhr, zugleich dem Verschwinden der Natur bei, dessen Verursacher wir sind, und damit auch unserem eigenen, durch die schiere Menge apokalyptischer Phänomene umso unempfindlicher, umso ohnmächtiger, umso einsamer … Welches Urteil werden spätere Generationen – falls es sie gibt – über diese Mischung aus neuzeitlicher Bewusstlosigkeit und Anmaßung fällen? Denn sie werden unsere unbeeinflussbaren, schonungslosen Richter sein. Fortwährend sprechen sie zu uns aus der Zukunft, aber wir hören ihre Stimmen nur als schwaches Seufzen, in dem das unsere widerhallt, darin der Schrei abgewürgt wurde.

* * *

Wir alle sind heute Apokalyptiker, weil uns der Niedergang der Epoche, ausgehöhlt in ihren Werten, irregeführt in ihren Sinngebungen, mehr oder weniger bewusst ist. Wir beobachten und durchschauen ihn, was uns jedoch nicht davon abhält, ihn durch Gedanke und Tat weiter heraufzubeschwören und zu beschleunigen. So sind wir alle seine Urheber, seine wissenden Zeugen und Verkünder.

* * *

Die blinde, durch zivilisatorische Wirrnis bewirkte Zerstreutheit führt zwangsläufig in folgenschwere Unachtsamkeit, und niemand ist vor ihr gefeit. So geschah es, dass ich, heimgekehrt in meine Zuflucht auf schwarzer Erde, eine winzige, fast noch embryonale Eidechse beim Versuch, sie mit dem Glas einzufangen, am Fuß verletzte. Der angsterfüllte Blick aus den schwarzen Kugelaugen zerriss mir das Herz, erweckte ein bebendes Schuldgefühl – die schreckliche Überzeugung, das noch vor ein paar Sekunden bestehende Gleichgewicht zwischen zwei Lebewesen zerstört zu haben. Ein unseliger, nicht wiedergutzumachender Eingriff in den harmonischen Gang der Natur. Durch den Kopf schossen die eigenen Vergehen an der Geliebten, ihrem schon Körper gewordenen Traum, dann die unserer Spezies an der Mitwelt. Aufgesogen von Trauer, blieb mir nichts, als die verwundete Eidechse nach draußen zu tragen, sie im nächtlichen Gras auszusetzen, im Ungewissen. Bald schlief ich ein, verstört, übermannt von finsterer Ausweglosigkeit: Hiersein heißt immerzu verletzen, vernichten, verlieren.

* * *

Du musst wach bleiben, gleich dem Stern, der nicht untergeht, dich selbst schleifen, so wie er, Gemisch aus Staub und Gas, geschliffen wurde durch die Gravitation, und leben nach seiner Vorgabe, jede Tätigkeit aus dem Zyklus zu entfalten, in den Zyklus wieder einzubinden, auferlegt von unantastbarem, nicht zu hinterfragendem Gesetz.

* * *

Wie immer du handelst, was immer du ersinnst – die Erde steht niemals still. Ihre Drehung um sich selbst und um die Sonne ist nur auf eines gerichtet: auf Schöpfung und Fülle, auf die ein ums andere Mal versicherte Bejahung entgegen jeder Verneinung.

* * *

Die Natur kennt keine Negation. Diese ist lediglich eine Ausgeburt des menschlichen Urteils. Wie unsinnig es wäre, die Nacht als Negation des Tages zu bezeichnen oder den Winter als Negation des Sommers. In ihr, der großen Umhegenden, verhält sich alles *äquivalent* und *komplementär* zueinander. Sollten wir daraus nicht lernen im eigenen wie im gemeinschaftlichen Dasein?

* * *

Wende dich dem zu, was ein Gran Ursprung enthält. Es wird dich ausfüllen und heilen, dich heben und von innen her erleuchten. Es wird aus dir sprechen, während du verstummst. Es wird dich immer wieder, wenn du seiner beraubt scheinst, dem Leben zurückgeben, diesem in dir und jenem, das dich übersteigt.

* * *

Sitzen auf warmem Grund inmitten des Birkenhains, ringsum eingefasst von Eichenwald, gelehnt an die Leere, schmiegsam und offen wie eine Liebende, verschmolzen mit Stille, umhüllend und durchdringend ... Unbewegte Welt, kein Hauch, kein Gedanke hinter gesenkten Lidern, es herrscht allein der Duft aus Erde, Stämmen und Blättern ... Da rieselt sie dir durch die Finger, Lava, wie Wasser, darin das Feuer fortlebt: Geschlossen nun der elementare Kreislauf in diesem Staub, den der plötzlich einfallende Lichtstrahl, während dein inneres Auge erwacht, mühelos in funkelnde Materie verwandelt, in Gold.

* * *

Es heißt, die zweckfreie, rein betrachtende Tätigkeit des Geistes stelle das vollkommene Glück dar. (Aristoteles)

Doch der Geist kann gar nicht zweckfrei sein, weil er, sogar im scheinbaren Ruhezustand, gebündelte Energie ist, die immer Richtung hat und Wirkung, während im Gehirn annähernd hundert Milliarden Nervenzellen – so viele wie Sterne in der Milchstraße –, eng vernetzt durch etwa hundert Billionen Synapsen, sekündlich jeweils zigtausend Operationen ausführen. So verändert diese Macht Augenblick für Augenblick den inneren Raum wie den äußeren – ähnlich dem Ton einer angeschlagenen Saite, der sich im Resonanzkörper verstärkt und Schwingungen aussendet. Kein Instrument, welcher Art es auch sei, das seine eigentliche Existenz, seine Singularität und Aura nicht durch ständigen, zielgerichteten Schaffensprozess gewänne, wie er die Natur selbst kennzeichnet, noch wenn sie, versunken in sich, Atem schöpft. Solches Wissen durchweht dann ein Anhauch von Glück.

* * *

Später liege ich, in weiten Kreisen umsäumt von Kiefern und Rotbuchen, auf abfallendem Hang zwischen Ginster und Farn beim Rifugio Citelli auf tausendachthundert Metern, bis, nur wenig höher, eine riesige Wolke über mich hinwegschießt, das Sonnenlicht eintrübt, sich wild verformt, gleich einem pulsierenden, im Zeitraffer aufgenommenen Gewebe, sich zusammenballt und schließlich in etliche Teile zerreißt, zerstiebt. Mein umdunkeltes Herz schlägt schneller, halb fasziniert, halb erschrocken, unterworfen von dieser Gewalt, unabwendbar, enthoben jedem menschlichen Zugriff, trotz aller Natürlichkeit fast übernatürlich, ja, ein Wunder ... Dann strahlt wieder der blaue Himmel, als wäre derlei nicht geschehen.

* * *

Im Aufwärts denken, entlang dem aus Himmel gefällten oder auf Erde errichteten Lot, immerfort zum Unerkennbaren, Unerreichbaren hin. So bannst und übersteigst du die Kräfte, die dich sonst gewaltsam in die Tiefe ziehen.

* * *

Beim abendlichen Abstieg vervielfältigt sich mein Schatten: jeder ein wenig anders unter verschiedener Lichtbrechung und zugleich eins mit mir. So verhält es sich auch mit dem Innern aller Wesen – ein jedes multipel in seinen Aspekten, im Kern aber identisch mit sich: eine Einheit, aus der Urzelle geschöpft und ihrer gewiss.

* * *

Der Mond nimmt zu, und ich wachse, werde heller, bewussterer Teil eines unfassbaren Ganzen.

III

Der Ätna ist erneut ausgebrochen, fast genau zum Zeitpunkt meiner Rückkehr, als sollte auch mein Auge an dieser Nachahmung des geogonischen Aktes teilhaben. Unaufhaltsam in die Tiefe wälzen sich zwei Glutströme, funkelnde Arterien oder karminrot gelockte Strähnen inmitten der Finsternis, umgeben von mächtigem Halo – wiedererweckte Erinnerung an die erste eruptive Nacht des Planeten. Dass sie auf der dem Dorf Sant' Alfio zugewandten Seite hervortreten, erscheint mir als verheißungsvolles Zeichen für die Arbeit am Wort. Es entsteht im Angesicht des Vulkans, folgt dessen Wechsel von Tätigkeit und Ruhe, wobei die eine den Keim der anderen birgt, öffnet sich dem gleitenden Rhythmus des Magmas, aufgestiegen aus dem Herz der Erde, lauscht ihm, schaut sie: Wort, dies empfängliche, von Buchstaben entworfene und bewahrte, nun in Schwingung versetzte Organ, das dem hier sichtbar gewordenen Archetyp jeder Schöpfung in all seinen Äußerungen gerecht werden will.

* * *

Natur ist Wort, Wort Natur, weil beide vollkommen gegliederte, zielgerichtete, ganzheitliche Organismen sind, belebt und durchwirkt vom *lógos*, ihrem Gesetz.

* * *

Wie von dort gerufen, steige ich den Hang hinauf, um den Lavabahnen näher zu sein, Schritt für Schritt überwältigt vom Anblick glosender Massen, in deren Rauch und Asche der bogenförmige Widerschein prangt: Aureole vor jeder menschlichen Gestalt, die sie beansprucht, Aureole der Erde, die ihre Sprache des Feuers speiend spricht, unerbittlich, treu nur eigenem Gesetz, dem aus Innerstem entsprungenen Sinn: Aureole, reine Wirkung, sich selbst genug, erhabenes Werk. Wenn es das Heilige gibt, dann in dieser natürlichen Offenbarung, in solch roher Gewalt, nirgends sonst.

* * *

Unweigerlich führt der Gang, auch er Teil des täglichen Rituals, weiter zum *Castagno dei Cento Cavalli*, Baum der Bäume, die älteste Kastanie der Erde, seit drei- oder viertausend Jahren (wer könnte das wissen?) hier verwurzelt, ein manifest gewordener Mythos der Regeneration, der seinerseits Mythen schuf, geistiges Vermächtnis aus dem Reichtum seines pflanzlichen Erbes, ein offenes und geschlossenes Universum. Übermaß an Früchten, wie halluziniert, Verkörperung schier übernatürlicher Fruchtbarkeit, verteilt auf das monumentale Astwerk dreier meterweit voneinander getrennter Stämme, allem Anschein nach *einem* Stamm entsprossen. Seine gestählte Beharrlichkeit verbindet das Nachgiebige mit dem Demütigen und Würdigen, aber das sind karge menschliche Begriffe, außerstande, sein Wesen zu erfassen. Ich kann nur in ihn hineinhören, mich in seiner reglosen Stille verlieren, gebannt durch die nie endende Reihe der von ihm angelockten und beherbergten Gestalten, Visionen, Wunder – besänftigt dann, näher jenem Baum, dessen vegetativer Schemen tief in mir fortdauert, und hebe irgendwann die Augen zur Krone. Neben ihr, eine Handbreit entfernt, leuchten die Glutspuren aus dem Dunkel hervor, gemahnen daran, welchem Quell all das ungestüme Werden und Vergehen rings sich verdankt. Doch als hätte solch bildlicher Konfiguration der Urstoffe die noch ursprünglichere Gewalt gefehlt, flackert darüber plötzlich ein mehrarmiger Blitz auf, illuminiert den Nachthimmel, spiegelt das verzweigte Muster von fließendem Magma und sprießendem Geflecht wider. Die durchgängige Analogie zwischen den Dingen ein sichtbares Prinzip, bekräftigt durch das Grollen in der Luft, gefolgt von heftigem Donnerschlag, der diesen Teil der Welt erschüttert. Der *Castagno* indes bleibt ungerührt, Überlebender ganz anderer Beben, Vermittler elementarer wortloser Lehre, Träger der aus ihm strahlenden Idee des Aufgangs in jedem Untergang.

* * *

Magmatisches Knistern, so fein und doch imstande, die Luft zu durchdringen, den Raum auszufüllen, den Strom der Zeit in Schwebe zu halten. Der helle Ton kreist in mir, verbindet, was durch Denken getrennt schien, rührt an den Kern dessen, der ich bin mit einem jeden: Schattenpartikel, aus Licht genährt, um wieder und wieder entfacht zu werden, immaterielle Welle, in stetem Übergang begriffen, Echo der interferierenden Stimmen aus Erde und Himmel.

* * *

Demgemäß ist auch das Gedicht ein Klang- und Hallraum, erschaffen aus lautlichen Entsprechungen zwischen Buchstaben und Silben. Deren auf gegenseitiger Anziehung gründende, also eigentlich erotische Beziehung gewährleistet die sonore Akustik und damit den formalen Zusammenhang, das innere Fließen zwischen Wörtern und Versen: die poetische Logik. Hörbare Stimmigkeit wird zum Maßstab eines in und zwischen den besprochenen Gegenständen erspürten Sinns.

* * *

So geschieht es nun immer öfter, dass eine Assonanz oder Alliteration genau jenen Begriff herbeiruft, der mit ihr zusammenstimmt, wiewohl er aus einer ferneren, ihrem semantischen Gehalt zunächst fremden Seinsschicht stammen mag. Die ursprüngliche Kommunikation innerhalb des Gedichts ist weniger reflexiver als phonetischer Natur, und damit nähert es sich wieder dem Sprechgesang, der Musik.

* * *

Ich bin kein Idealist, habe jedoch eine Idee von Ganzheit, zu der sich die Teile fügen, so verschiedenartig sie auch erscheinen mögen, von den verborgenen oder offenbaren Kräften, die dabei wirksam sind, um ein flüchtiges, aber unvergessliches Gleichgewicht herzustellen, in dessen Brennpunkt zahllose Widerspiegelungen des Ungleichgewichts zusammentreffen, und diese Idee gibt mir jene Perspektive ein, der ich mein Tun unterwerfe, im Leben wie im Schreiben.

* * *

Nicht die unmittelbaren Eindrücke und Erfahrungen, nicht die dadurch evozierten Stimmungen und Anschauungen finden Eingang in mein Gedicht, das niemals mir gehört, sondern Essenzen, die aus solchem Gemisch unter hohem inneren Druck gewonnen wurden und sich allmählich in der Tiefe abgesetzt haben. Erst am Ende des Prozesses, der Jahre dauern kann, löst sich vom geläuterten Stoff ein Wort und steigt empor: Sein plötzliches Erscheinen trägt das Signum einer Auferstehung. Es ist das erhoffte Fundstück auf dem Weg zu jener latenten Matrix der Dinge ... *Matrix*, welch ein komplexer Begriff, der die Merkmale von deren Ursprung, Aufbau und Beschaffenheit wie in einem Hohlspiegel vereinigt: alles umfassende Gebärmutter, zugleich ebenso amorphe wie kreative Keimsubstanz, dann Beziehungssystem verschiedener, waagerecht und senkrecht gereihter Größen, darin der organische Zusammenhang, die Syntax aufleuchtet, und schließlich kohärente Lautstruktur der zur Einheit kombinierten Silben ... Die grundsätzliche, nur durch modale Differenz charakterisierte Identität von Natur, Zeichen und Wort, eingebettet in die sechs Lettern der Matrix.

* * *

Selbst wenn die Suche scheitert, liegt doch allein im inneren Schweben über der schöpferischen Materie, im Ringen um das eine Wort die Ahnung von Glück, der Anklang an Wahrheit. Wie ein Planet kreise ich um die unsichtbare Sonne des künftigen Gedichts.

* * *

Welcher Sinn liegt darin, so erbittert, als ginge es ums Leben, im Werk für eine Form zu kämpfen, bis man sie als die ästhetisch ansprechendste und dem Gegenstand gemäß erachtet? Es ist dieser verborgene Sinn, der ahnen lässt, dass wir mehr sind als eine bloße Ansammlung von Atomen und Trieben; dass wir folglich immerzu danach trachten, auf gewundenem Pfad durch die inneren Gänge uns selbst weiter zu verfeinern und irgendwann blitzartig jenes von Blut umdunkelten Wesens, seiner verschlungenen Beziehungen und Wechselwirkungen mit allen Wesen gewahr zu werden; dass wir nichts sind ohne das Verlangen, gerade aufgrund bedingter, lastender Gegenwart uns mit der gegebenen Rück- und Vorausschau janusgleich aufzuschwingen in den *anderen* Raum, aus dessen lichtgewordenem Staub wir gekommen sind, in den wir dereinst wieder ganz einkehren.

* * *

Das Versgefüge beschreibt eine Expedition zu den inneren und äußeren Enden der Welt, doch selbst in definitiver Fassung vermittelt es bloß einen Abglanz des Unerschöpflichen. Zahllose Vorstellungen, Bilder, Assoziationen, erprobt und verworfen, sind durch das engmaschige, über den unergründlichen Grund gezogene Netz gefallen. Der immer höhere Verdichtungsgrad zwingt dem Stoff seine verzweigte Logik auf, die stets polyvalent, ja mysteriös erscheint: Der zunächst frei sich entfaltende Ablauf strebt schnell dem ihm gesetzten Maß zu, und erst so kann er sich seiner Dynamik, Konsistenz, Qualität versichern.

* * *

Das oberste Diktat lautet: Bändige den Stoff durch strenge und zugleich geschmeidige Form, so vielschichtig, widersprüchlich oder grausam er auch sein mag. Die Form aber muss sich aus ihm selbst ergeben, wie es zuallererst in der Natur geschieht, gehorcht also nicht erdachten, vorgefertigten und aufgezwungenen Gestaltungsmustern, die sie nur verzerren. Demzufolge scheinen im Gedicht immer wieder bestimmte Prinzipien und Strukturen durch, nach denen die Natur arbeitet, indem sie sie endlos variiert.

* * *

Nun versenke ich mich in die Betrachtung eines arabischen Ornaments, in dessen Mitte ein zwölfzackiger, mit mannigfach verschlungenen Linien ausgefüllter Stern hervorsticht. Rings um ihn sind sämtliche Figuren – Rauten, fünfzackige Sterne und Achtecke – in zwölffacher Zahl gruppiert. Die magische Schönheit durch Ordnung fällt sofort ins Auge. Jene geometrischen Formen erzeugen sich wechselseitig, verwandeln sich ineinander dank einer vorgegebenen symmetrischen Struktur, die sie wie Tonfolgen auszuströmen scheint und jedenfalls mühelos zusammenhält, um solch vollkommenes Abbild der Einheit in der Vielfalt, der Vielfalt in der Einheit darzubieten. Die Klarheit, die sich dabei des Bewusstseins bemächtigt, resultiert nicht aus einer Abstraktion oder Reduktion, sondern aus der in Proportion übertragenen Fülle, in welcher das Chaotische, Keimhafte des inneren Bezirks nach außen hin zwar kontinuierlich gezügelt und gestaltet wird, doch unter der Oberfläche gegenwärtig bleibt. Genau dieses Prinzip ist jetzt wiederzubeleben in der Dichtung, die Zentrum, Architektur, Melos verloren hat, um sie erneut in das ihr eigene Lot zu bringen, ihr Bindekraft und Dauer zu verleihen.

* * *

Ein lyrisches Ich, das der weiterhin vorherrschenden, doch trügerisch gewordenen neuzeitlichen Behauptung widerspricht und nicht mehr die Mitte des Gedichts einnimmt, um von dorther die Welt aufzuspannen und zur bloßen Projektionsfläche seiner Anschauungen abzuwerten; das jetzt, wenn auch nur für einen Moment, sich selbst übersteigt, damit empfänglich wird für die natürliche und kosmische Wirklichkeit, aus der es hervorgegangen ist; das ihren elementaren Stimmen als Medium dient, wodurch diese, unwiderruflich in die Mitte gerückt, zum Ausdruck gelangen, ohne von subjektiven, gar solipsistischen Denk- und Wahrnehmungsmustern, Wertvorstellungen und -urteilen deformiert oder negiert zu werden. Ein lyrisches Ich also, das nicht länger statischer, auf anthropomorphen Maßstäben gründender Pol ist, sondern sein Dasein als Schauplatz fortwährender Umwandlung begreift, ausgesetzt jenen Energien, Prozessen und Phänomenen, von welchen es durchdrungen und bis in die letzte Faser bestimmt wird. Kurzum: Ein beseelter Geistkörper im Raum, der sich dessen Schwingungen überlässt und in jeder Silbe, jeder Geste danach strebt, mit ihnen in Resonanz zu treten.

* * *

Nichts weniger als ein fundamentaler Wechsel der Perspektive: Man betrachtet das Ich vom vielgestaltigen Anderen, vom umfassenden Raum her, so wie wir heute imstande sind, die Erde aus dem All zu betrachten und sie wie uns mit seinen Augen zu sehen. Dieser zunächst so befremdende Blick ist kaum vorstellbar und schon gar nicht zu verwirklichen ohne jenen, den kosmischen, der ihn erst ermöglicht und zugleich erzwingt, nach Jahrhunderten der Beschränkung auf das Ich als Angelpunkt der natürlichen Welt, womit es sich von ihr abspaltete und anfing, sie mit seinen Spuren der Verwüstung zu durchziehen.

* * *

Auch dies ist Koinzidenz, dass mir in der Minute, nachdem ich über die im Gedicht und damit im Leben neu zu knüpfende Verbindung zwischen Ich und Welt nachgedacht habe, folgende Verse George Chapmans von 1613 zufallen, mit denen er die prinzipielle Ausrichtung des Menschen auf das All sowie den hierdurch erteilten Auftrag, dessen Ordnung zu achten und im eigenen Handeln zu entsprechen, sie nicht elendiglich zu zerstücken, sondern die ihrer Ganzheit innewohnende Notwendigkeit anzuerkennen, in Worte fasst, wie einem Mahnmal der frühen Neuzeit eingemeißelt: *... in this one thing, all the discipline / Of manners and of manhood is contained; / A man to join himself with th' Universe / In his main sway, and make in all things fit / One with that All, and go on, round as it; / Not plucking from the whole his wretched part, / And into straits, or into nought revert, / Wishing the complete Universe might be / Subject to such a rag of it as he; / But to consider great Necessity ...*

* * *

Als hätte Chapman damit auf die Verse John Donnes aus dem Jahr 1611 geantwortet, um trotz aufkommender

Spaltungen in Denken und Sein deren Verschränkung und Einheit zu wahren: *And new Philosophy cals all in doubt, / The Element of fire is quite put out; / The Sunne is lost, and th'earth, and no mans wit / Can well direct him, where to looke for it. / And freely men confesse, that this world's spent, / When in the Planets, and the Firmament / They seeke so many new; they see that this / Is crumbled out againe to his Atomis. / 'Tis all in pieces, all coherence gone; / All just supply, and all Relation: / Prince, Subject, Father, Sonne, are things forgot* ... Das durch den Heliozentrismus aus der Mitte des Universums verbannte Geschöpf sieht seine Welt nur mehr als zusammenhangloses Konglomerat, darüber die bis dahin unverbrüchlich hierarchische, durch göttliche Mächte verbürgte Ordnung in disparate Teile zerfallen ist. Der Schock dieser Dezentrierung wird lange anhalten, ehe er dann durch die fortschreitende Erkenntnis irdischer wie himmlischer Vorgänge und ihre Umsetzung in epochale Ideen und Artefakte zu einer Rezentrierung führt, mit der die einerseits anthropozentrische, andererseits unterschwellig geozentrische Position im Bewusstsein abermals gefestigt und trotz mancher universalistisch beeinflusster Gegenströmung immer wieder bestätigt wird – mit all den daraus resultierenden fatalen Folgen für Erde und Mensch. Doch auch dieser Weg kann lediglich ein Umweg sein, denn seit Bruno, dem Nolaner, ist die kosmozentrische Perspektive ein unwiderlegbares Ereignis, das sich durch die Zeiten allmählich Bahn bricht.

* * *

Die Anthropozentrik, die bis heute so viele unserer westlichen Vorstellungen, Sehnsüchte und Hoffnungen besetzt, ist im Grunde mittelalterlich, insofern sie den Menschen und seine Heilsgeschichte in den Mittelpunkt des Alls rückte, also nicht zu denken war ohne Geozentrik und Theozentrik. Da diese beiden Leitideen längst überwunden sind, fehlt jener das ontologische Gerüst, welches ihr noch Legitimation verleihen könnte. Es bedarf demnach keines visionären Eifers, um zu behaupten, dass ein künftiger Geist, aufgebrochen in den siderischen Raum, die drei weiterhin wirkmächtigen Anschauungen des obsolet gewordenen Weltbildes aufgehen lassen wird in der einen: der Kosmozentrik. Sie weist dem aus universeller Perspektive zunächst verlorenen und zu vernachlässigenden Menschen seinen neuen Ort zu, indem sie ihn einbindet in ein immenses, ubiquitäres und homogenes Kontinuum, dessen ehemaliger Gott dann als reine, ununterbrochen schöpferische Energie tätig ist, die wiederum bevorzugt Gestalt annimmt in Sternen und Galaxien, Pulsaren und Quasaren, Dunkler Materie und Schwarzen Löchern.

* * *

Die Natur ist durchgängiges, unaufhörliches Geschehen, in sich geschlossen, ohne eigenmächtig von außen steuernde Instanz. Will die Dichtung sich dem annähern, muss sie ihre vertrauten, der Moderne entlehnten

Werkzeuge, die den Strom der Sprache hemmen, zerteilen oder gar gezielt unterdrücken, ihre gewöhnlichen Unterscheidungen in Ich und Welt, ihre starren Grenzen zwischen Oben und Unten, Hier und Dort, Früher und Später, zurücklassen. Konsequenterweise, denn die poetische Rede ist das anschmiegsamste Gewand der Wahrnehmung, der so empfindlich ausschlagende Seismograph des Denkens, fällt damit auch die aus geo- wie anthropozentrischer Sichtweise mehr oder weniger entschieden vollzogene Trennung zwischen Himmel und Erde, Geist und Materie, Seele und Körper, die doch *einem* Urgrund entstammen und im Wesentlichen eins sind. Nur derart, scheint es, kann die Dichtung in ihren Artikulationen zu einem einheitlichen Organismus werden, der, auf Prinzipien wie Osmose und Synapse zwischen den Wörtern und Zeichen beruhend, ebenfalls grundsätzlich autonom arbeitet – ein wie der Planet frei im Raum schwebendes Gebilde, ohne reflexiv oder emotiv verzerrtes Stützwerk des Autors, mit dem er, ähnlich einem Schiffbrüchigen nach der einzigen Planke greifend, oftmals, dann aber umso begieriger, allein sich seiner selbst zu vergewissern sucht.

* * *

Solltest du nach Stunden oder Tagen erschöpfender Arbeit dann doch verzweifeln, weil das Gedicht ohne Verankerung in den vertrauten Domänen des Ich, seines vermeintlich alleinigen Trägers und nahezu unumschränkten Regenten, nirgendwo mehr Halt zu finden, ja gleich einer verlorenen Sonde durch den Raum zu treiben scheint, so besinne dich auf den Spruch des frühislamischen Mystikers Hamdun al-Qassar: *Wer seines Zustandes sicher ist, kann über ihn nichts berichten.* Er mag dir helfen, die labyrinthische, aber nun von deinen persönlichen Belangen losgelöste, aus sich selbst wirkende Architektur der Verse in die Leere zu bauen, ähnlich wie es die Natur mit ihren Schöpfungen vollbringt. Und diese Leere wird sich als empfänglich erweisen für das Wort, das, seines Ballasts entledigt, erst in ihr erwacht und zu sich kommt.

* * *

Selbst wenn metaphysische Entwürfe, utopische Visionen, holistische Auffassungen kaum je normative Wirklichkeit wurden: Ihre geistige Energie zwang den Menschen, für Momente von seinem Tun abzusehen, den Blick in die Ferne, zum Himmel zu lenken und Werke zu schaffen, die größer waren als er, ihn vor noch schlimmeren Höllen bewahrten.

* * *

Nachts vors Haus treten, die Arme breiten und zu den blinkenden Sternen heben, das Wort an sie richten, die es empfangen durch ihren unwiderstehlichen Magnetismus, als sprächest du mit eng Verbündeten, und sie sind es: Das schlichte Ritual löst dich von dir, der stofflichen

Gestalt, löscht deine Einsamkeit, denn schon atmest du auf. So spinnst du den unsichtbaren Faden zwischen Unten und Oben, knüpfst für einen dauernden Moment das zerteilte, zutiefst vermisste Band von Neuem und erschließt die gemeinsame, immer verborgene Quelle, daraus du schöpfst, daraus sie schöpfen. Jetzt weißt du dich mit ihnen im Einen.

* * *

Dann wieder erwache ich aus Albträumen, schrecklicher denn je, und kehre wie unter Zwang in sie zurück. Die Erschöpfung morgens gleicht einem undurchdringlichen Niederschlag, in dem die schweren nächtlichen Bilder sich abgelagert haben und bisweilen noch einmal aufzucken. Was für Beklemmungen vermag der Vulkan aus seelischen Tiefen heraufzubeschwören? Welche seiner Urkräfte verwandelt er derart, dass sie in mir Form annehmen, um mit Wucht aufeinanderzuprallen? Und wie gelangen sie überhaupt in diesen Körper, der auf erstarrter Lava zu ruhen scheint, doch eigentlich dicht über tätigem Magma treibt? Kein Zweifel, die hier fast ständig vibrierende Erde erschüttert die innersten Kammern, entreißt deren Lebensstoff dem Vergessen, zerrt ihn an die Schwelle des Bewusstseins. Die daraus resultierenden extremen Schwankungen, Abstürze, Qualen zwingen dich, das Gewirr der tiefen Gänge tastend zu durchwandern, so aufrecht und achtsam du es kannst. Deine einzige Begleiterin ist die unstete Zuversicht, dass aus geballtem Dunkel irgendwann der gleißende Funke entzündet wird, der rettet und hebt. Aber der Aufschwung ist nur um den Preis völligen Ausgesetztseins zu erreichen.

* * *

Unversehens entdeckt mein durch den Garten schweifender Blick zwischen Palmblättern eine Eidechse, nimmt in ihr die etwas größere Variante der anderen wahr, die sich im Haus verirrte. Erleichtert *sehe* ich, wie die Natur sich selbst heilt, wenn auch nicht immer in ein und derselben Gestalt. So spreche ich zu diesem Wesen, das mich anstarrt, als sei es jenes, geborgen, unversehrt, rhythmisch pochend unter schuppiger schillernder Haut, als habe der Augenblick es aus der Zeit gehoben und das Vergehen zur Illusion erklärt. Wir teilen ihn, zwei verwandte Kreaturen, dem gleichen, äußerst verzweigten Stammbaum entwachsen, der seine nacheinander hervorgebrachten Früchte, aus ein wenig Abstand oder von weiter oben betrachtet, im Zustand der Simultaneität offenbart, hier zum untrüglichen Erlebnis geworden.

* * *

Die unumschränkte subjektivistische Haltung ist, wie erwähnt, nicht nur *evolutionär* verfehlt, eben weil kein Organismus, auch nicht der menschliche, aus dem biologischen Kontinuum herausgelöst werden kann, sondern überdies aus *neurologischer* Sicht: Es sind die Dinge, die in uns Reize auslösen, dank deren wir ihnen Qualitäten (Farbe, Klang, Gewicht usw.) zuschreiben und damit unser Überleben gewährleisten können; zudem aus *quantenphysikalischer* Perspektive: Zwar beeinflussen wir durch Beobachtung die Vorgänge in Raum und Zeit und bringen sie so vermutlich erst zur Erscheinung, aber dazu müssen sie zumindest latent bereits vor uns existiert haben; schließlich aus *kosmologischer* Vision: Die Erde ist ein winziger Knoten des All-Gewebes, das in jeder ihrer Fasern, aus ähnlichen Stoffen zusammengesetzt, mit gleichem, durchgängigem Bewusstsein ausgestattet, sich abspiegelt und mehr oder weniger deutlich nachschwingt ... Auf allen Ebenen des Daseins und des Denkens werden wir beherrscht vom eigenständig Objektiven, uns mit unabwendbarer Eindringlichkeit buchstäblich *vorgesetzt*.

* * *

Wenn der Materie kein Bewusstsein innewohnte, wie sollte dann erklärt werden, dass aus ihr ein Mensch hervorging, der über das Bewusstsein verfügt, zu behaupten, sie habe kein Bewusstsein? Das Lebendige und selbst das nur dem Anschein nach Tote, das den Zyklus auf seine Weise in Gang hält, ist ohne Bewusstsein nicht denkbar. Schon die Eizelle trägt das Wissen in sich, was und wie sie werden muss, desgleichen der Same, der sie befruchtet und ebenfalls eine geistig aufgeladene Welt birgt, ihre potenziellen Strukturen und Energien, sonst könnte durch beider Vereinigung kein neues Geschöpf entstehen. An der Erschaffung des Teils ist immer das Ganze beteiligt.

* * *

Der *Homo sapiens* ist deshalb wunderbar und schrecklich, weil er zu *allem* fähig scheint. Er maßt es sich an, verleibt es sich ein, ob Pflanze oder Tier, beutet seine Spezies genauso aus wie die Erde, die ihn geboren hat, bis schließlich und zwangsläufig das rasende Morden in kollektiven Selbstmord mündet.

* * *

Menschen gehören zu den langsamsten animalischen Wesen, was die Reaktion auf unumgängliche Veränderungen und deren Umsetzung in adäquates Handeln betrifft. Vielleicht sind sie gerade deshalb so fasziniert vom Phänomen immer höherer Geschwindigkeit, mit dem die Technologie sie von einem Taumel in den nächsten versetzt.

* * *

Gab es je ein Ding, das nicht in Frage gestellt, eine Person, die nicht angefochten, eine Idee, die nicht bekämpft wurde? Oft sind wir außerstande, das einmal Gewordene *an sich* gelten zu lassen, es in seiner Eigenart, Anmut und Wirkung zu bejahen und in uns aufzunehmen, darin eine Anreicherung, Steigerung und Vervielfältigung unserer selbst zu erkennen. Folglich bleiben wir auf den winzigen

Radius des Ich beschränkt, innerhalb dessen die eigenen Projektionen sich im Kreis drehen, gespeist aus der vergitterten Zelle einer zugleich beruhigenden und unerträglichen Gewohnheit.

* * *

Das heutige Ich, infolge früherer Erschütterungen häufig tief verletzt, mit allerhand Qual geschlagen, tendiert dazu, seine persönlichen Demütigungen, Schrecknisse, Ängste im Schreiben auf die Wirklichkeit zu übertragen, die dann von vornherein verzerrt, ja bis zur Unkenntlichkeit entstellt erscheint. So verständlich dieses Vorgehen sein mag, weil sich der Autor dadurch eine gewisse Erleichterung und Genugtuung verschafft, in manchem Fall gar die Befriedigung tief sitzender Rachegefühle, bleibt es doch sehr fragwürdig. Die verengte innere Sicht bildet das alleinige Kriterium, dem die unerschöpfliche äußere Welt unterworfen wird, wiewohl gerade das *Sub-jekt* im Wortsinn das schlechthin Unterworfene ist, und die erlittene Zerstörung dient als Rechtfertigung, Bilder der Zerstörung wie Bomben abzuwerfen, um noch mehr zu zerstören. Ist das nicht ein Akt willkürlicher, gewaltsamer Aneignung, darin die neuzeitliche Denkhaltung ihre späte Einlösung erfährt, eine Art psychopathischer Irrsinn?

* * *

Nicht das Subjektive, sondern das Objektive in seiner unerschöpflichen Fülle, seinem betörenden Glanz besitzt alle Macht. Ich will und kann es nicht deformieren, ja nicht einmal formen, denn es gibt die Form selbst vor. Auf dieser Vorstellung zu beharren, tut not, gerade weil sie gemeinhin dem Vergessen anheimfiel – spätestens seit der Aufklärung kantischen Zuschnitts und der von ihr ins Werk gesetzten, sämtliche Lebens- und Wissensgebiete durchdringenden operativen Logik, die dem Menschen endlich Befehlshoheit über eine immer widerständige, eigentlich aber nur scheinhafte, somit zu entlarvende und in Besitz zu nehmende Welt der Gegenstände versprach. Fortan mussten diese sich nach der Erkenntnis, deren Anschauungen und Kategorien richten, nicht mehr umgekehrt. Durch eine radikal neue, von Descartes vorgeprägte epistemologische Orientierung, mit der die persönliche wie die überpersönliche Natur seiner Vernunft unterworfen war, rückte der Mensch endgültig in die Mitte hiesigen Geschehens und oktroyierte die einzig gültige Form, wie die Dinge zu sehen und zu verstehen seien. Sie war es, die ihm, allein ihm und seinen Interessen an der Knebelung alles Natürlichen diente.

* * *

Kürzlich vernahm ich folgende Redewendung, die jetzt allenthalben hier zu hören ist: *Non c'è più mondo*, es gibt keine Welt mehr. Sie bezeichnet den Verlust dessen, was einmal ebenso unangreifbarer wie unverzichtbarer Wert war, was Zusammenhalt und Übereinkunft gewährte, was die Bewohner Siziliens über zahllose Generationen miteinander verband und nach dem Richtmaß ihrer natürlichen Umgebung leben ließ. Noch an der Grenze des Abendlandes setzt sich jene Erkenntnis durch, die in seinen Zentren, ja auf dem ganzen Globus längst Einzug hält und in vielerlei Symptomen des Niedergangs greifbare Realität wird: Es geht eine Epoche zu Ende.

* * *

Es regnet, es schneit, überall rings umher schwebt dichter Nebel. In der Loggia am Lavahang ist mir, als lebte ich auf einem alten Schiff, das zwischen den aufsteigenden Schwaden abwärtstreibt, in flutende Tiefen. Sobald ich die Tür öffne, strömt Wasser um meine Füße; die feuchte Kälte durchdringt die Haut, schonungslos, macht mich schwer, immer noch schwerer, bis das Gefühl von Untergang überhandnimmt: keine Zuflucht, weder drinnen noch draußen ... Gestern bebte wieder die Erde, durch ihre Kruste zog sich ein Riss. Aus dem geschwefelten Trichter hoch oben weht unablässig Rauch, nicht mehr unterscheidbar vom alles umhüllenden Dunst. Im Laub, das den dunkelnden Garten schon fast bedeckt hat, schlägt ein letzter Flügel. Unten, an Land oder auf dem Meer, fern und nur momentweise sichtbar, ein Blinken, ein Notlicht.

* * *

Du beginnst die Tage und beendest die Nächte mit Katastrophenmeldungen im Minutentakt ... In der Muttermilch von Eskimofrauen wurde ein hoher Gehalt von

Quecksilber und anderen Giften entdeckt, hervorgerufen durch industrielle Verseuchung, die Meeresströmung und Wind in die Arktis tragen. Damit einher gehen krankhafte Veränderungen bei Fischen und Eisbären, zudem bedroht durch die klimatisch bedingte Eisschmelze, die wiederum ihre Nahrung ebenso dezimiert wie ihre Nachkommen – ein Beispiel unter unzählig ähnlichen, das sich dir stachelgleich in Herz und Eingeweide bohrt ... Wir wissen, wie in der Biosphäre alles mit allem noch über größte Distanzen zusammenhängt, wie schon eine einzige toxische Substanz um den Globus kreist und die ursprüngliche Kette des Lebendigen an entscheidender Stelle unterbricht, zerstört, doch die tödliche, auf materiellen Ansprüchen gründende Maschinerie kennt keinen Stillstand. Ihre weiter gesteigerte Produktion von stofflichem und mentalem Gift ist eine der verheerenden Wucherungen irregeleiteter westlicher Rationalität, bloß instrumentell aufgefasster und quantitativ ausgerichteter Vernunft, der die Vorstellung von unantastbarer Eigengesetzlichkeit und Würde der natürlichen Welt gleichgültig ist. Sie trachtet danach, *sämtliche* Wesen und Dinge dem herrschenden Dogma zu unterwerfen, das seinesgleichen in Religion oder Politik fast peripher erscheinen lässt, insofern es nun die ganze Erde trifft und keine von ihm abweichende Geisteshaltung neben sich gestattet ... Letztlich heißt das aber, dass diese Epoche den Keim des eigenen Endes, ihre wie immer geartete Apokalypse einschließt, als Symptom durchaus verwandt jenem *memento mori* am Ausgang des Mittelalters, dass sie im Bewusstsein verursachten Unheils insgeheim ihren Tod herbeisehnt, einerseits verzweifelt die angemaßten Rechte verteidigt, andererseits ungeduldig ihre Ablösung erwartet.

* * *

Anschreiben musst du gegen diese fortschreitende Vergiftung, noch das geringste deiner Wörter wird seine Information an den Raum übermitteln und daraus nicht mehr zu tilgen sein. Denn das Gift, das wir erzeugen, atmen und verzehren, bezeichnet nur den äußeren Aspekt des verhängnisvollen Geschehens. Der andere, seine direkte Folge, ist jene lähmende Leere innen, immun gegen alles Ideelle, das den so eng abgesteckten Rahmen der Zeit und ihrer Verirrungen zu sprengen droht, indem es die Türen ins unmessbar Mögliche öffnet, immun gegen jeden Hauch des Harmonischen, der gerade aus Dissonantem steigt, um einen tief empfundenen Augenblick notwendiger Transzendenz zu stiften und damit endlich Leben zu bewahren. Es ist deine Weigerung, die ringsum gebotenen Surrogate zur vielfachen Betäubung anzunehmen, die dich hier hält und treibt, immer weiter …

* * *

Wer aber besitzt die innere Gewissheit und Standhaftigkeit, vom eigenen Ich abzusehen, es zu übersteigen auf ein irdisches oder überirdisches Du hin, das die Früheren als das »Göttliche« bezeichneten? Noch im Schwanken, noch in unerträglicher Zerrissenheit äußert sich, wie schwach auch immer, die uns allen durch den Lichtstrahl der Geburt eingeschriebene Qualität des Glaubens – weder an einen bloß vorgestellten und personifizierten Gott noch an die ihm geweihten Institutionen oder Liturgien, sondern an den Glanz, der dem primären Sinn des Begriffs *Religion* entströmt: Wir sind fürwahr mit jeder Faser, selbst mit jeder Tätigkeit des Gehirns, das einen Gedanken verfertigt, zurückgebunden an Natur und All, verwoben in ihren Kreislauf, Verkörperungen ihres gesetzmäßigen Wirkens. Überdies, wer wollte noch daran zweifeln, ist der Zeiger schon zu weit vorgerückt: Allein die Orientierungslosigkeit der sich neigenden Epoche mitsamt ihren Geißeln lässt gar keine andere Wahl, als jene vergessene Qualität wiederzuentdecken, aus ihr genau die Kraft zu gewinnen, die Glauben in Gewissheit wandeln wird.

IV

Erzeuger ständig wechselnder Ansichten, ist der Ätna nun, während meines Gangs durch Zwielicht, allein auf steil abfallender, gläsern knirschender Lava, bis zu den unteren Regionen in dichte Wolkenmassen gehüllt. Sie formen Umriss und Körper eines zweiten, phantomartigen Vulkans, dem echten maßgerecht angepasst, dessen aufragender Gipfel gegen die Windrichtung zu ziehen scheint. Dabei verwebt er seine Rauchsäulen zu langgezogenen Schleiern, die bald sich mit blaugrauem Gewölk vermischen, bald von der ausglühenden Abendsonne angestrahlt werden. Am gegenüberliegenden Horizont steht schon, überdimensionierter Lampion, der wiederum fast volle Mond, verschüttet sein frisches und doch uraltes honigfarbenes Licht auf dem Meer. Die himmlische, mit wässrigem Element durchsetzte Gewalt im Rücken, die irdische Gewalt vor Augen, bin ich bloßes Bindeglied ihres Austauschs, ehrfürchtiger Zeuge ihrer stillen Übereinkunft.

* * *

In solchen Augenblicken wirkt der Vulkan ungeachtet seiner Masse und Dichte fast durchsichtig – Wahrzeichen einer Transparenz, der nur mehr letzte, bereits in Auflösung begriffene materielle Spuren anhaften. Diesen

Eindruck verstärken noch die so sanft in diesige Weite abfallenden Hänge, die auf ihnen verdämmernden Lichtreflexe, der schwerelos sich herabsenkende Abendhimmel.

* * *

Ätna, Gigant, Kosmos in sich, reine Kraft im Wechsel von Ruhe und Ausbruch: Jeder seiner Zustände zeigt mir an, dass ich hier, im Dasein, immerfort Novize bin, Geduldeter, bestenfalls ein Lernender …

* * *

Sein Schweigen ergreift mich, zwingt die Welt ringsum ebenfalls ins Schweigen. Selbst die sonst störenden Geräusche: Gebell von Hunden, ratternde Motoren, verzerrte Stimmen, sind Teil davon, Modulationen seiner lautlosen Schwingung. Und auch die Luft steht still, berührt nur hier ein Blatt, dort ein paar Halme. Es herrscht – selten hatte diese Formulierung eine derartige Stimmigkeit – Friede vor allem Anfang.

* * *

Sobald ich mich auf die natürlichen Dinge zubewege, ohne ihr Sosein anzutasten, beginnen sie zu sprechen, und die *persona* verstummt. Je enger das sorgsam geknüpfte Band zwischen uns, desto tiefer die Öffnung hinab ins eigene Innere: Jäh erfährt es sich als Mitte unter zahllosen Mitten, die, Empfänger und Sender in einem, unaufhörlich miteinander kommunizieren. Wir sind allesamt Organe des Raumes, durch die er, der erhaben Ferne und greifbar Nahe, seine vitalen Botschaften in Umlauf bringt, vernetzt, rückkoppelt.

* * *

Kein Nomade der städtischen Gegenden bist du, doch Nomade im änigmatischen Feld äußerer Natur und innerer, die, einem Kristall gleich, deren Strahlen bündelt. Daraus gehen sie hervor, dorthin kehren sie verwandelt zurück, und dieser fließende Übergang ist die Metapher des Lebendigen. Beide Welten, nie trennbar, durchdringen und erschaffen sich, fallen zusammen im *einen* Grund.

* * *

Ähnelt an diesem Ort die Arbeit des Schreibens nicht jener des Bauern, der die Lavaerde immer wieder wendet, in sie den kostbaren Samen der Weinrebe setzt, dem Spross Wasser zuführt, an die Leben spendende Kraft der Sonne glaubt, an den künftigen Lohn der Traube nach langem Schweigen, zäher Geduld, nie nachlassendem Vertrauen?

* * *

Die Akzidenzien des Alltags erregen immer weniger mein Interesse. Wenn die innere Nadel einmal ausgeschlagen und die Richtung angezeigt hat, kann vor dem verborgenen Auge nur mehr die leuchtende oder verdunkelte Essenz der Dinge bestehen, die jedoch unfassbar bleibt.

Darin liegt auch ein Fluch, daraus steigt bald eine Marter, die mich nicht einschlafen, dann wieder nicht aufwachen lässt. Existieren, eine einzige, bodenlose Erschütterung.

* * *

Tief im Herzen bin ich wohl ein Alchimist, dem dezidiert an der Entdeckung der geheimen, alle Gegensätze vereinenden *materia prima* gelegen ist und der in seinem Tun nur diese wertschätzen und gelten lassen kann. Daher meine Langsamkeit, meine Skrupel, meine Ausschließlichkeit bei den Operationen am Wort, das die Stufen der Reinigung und Aufhellung, der Umwandlung und Verfeinerung durchläuft, bis irgendwann aus seiner *matrix* unverhofft die *anima* aufsteigt.

* * *

Bei jedem aufkeimenden Gedicht erscheinst du dir als der nicht Eingeweihte, der seine Einweihung mühsam erringen muss. Und durch wie viele Schmelztiegel der Sprache sind deine Wörter dann getrieben worden, um im geglückten Moment eine offenbar beständigere Legierung zu bilden, hast du sie brüderlich und wachsam begleitet, um vielleicht ein wenig mehr derjenige zu sein, der von jeher in ihnen geschrieben stand.

* * *

In der Abgeschiedenheit vollzieht sich das Leben stets nach demselben Muster: ein Schwinden der profanen

Mächte, die zermürben und das innere Licht zu löschen drohen, simultan dazu das mähliche Absinken in tiefe Formlosigkeit, eine Art Nullzustand, wo alles gleichgültig wird; dann, während mechanisch verstreichender Stunden und Tage, das scheue Wiederauftauchen dank einer ungeahnten, erst am Ende der Bewegung möglichen Empfänglichkeit für die ringsum herrschenden natürlichen Kräfte und Erscheinungen, der erste, neugeborene Blick auf ihre Ordnung, Vielgestaltigkeit, Schönheit, die Körper und Geist zu wiegen scheinen, schließlich das jubilierende, unbedingte *Ja*, zwei winzige Buchstaben aus durchmessenem Abgrund ... Wie weit man untergehen muss um einer Auferstehung willen, welcher Verzicht zugunsten eines äußerst unsicheren Gewinns ... Nicht weniger als dies gefährdete, marginale und doch so begehrte Leben steht auf dem Spiel.

* * *

Die Natur, scheinbares Objekt, wird zum Subjekt, das Ich, scheinbares Subjekt, wird zum Objekt, dessen sie sich bemächtigt. Solch radikale Umkehrung erfolgt im Geistigen, findet Ausdruck im Dichterischen und beruht auf zwei parallelen, einander bedingenden Vorgängen: langsame Auflösung des um sich selbst, seine vorgefassten Urteile und schwankenden Stimmungen kreisenden Ich, zugleich behutsame Annäherung an das elementar Gegebene, mit jeder Manifestation ein Siegel universaler Gesetzlichkeit. Heute, in spätestem Epochenstadium, zählt allein diese, weshalb die Person, Verursacherin inhaltlicher und formaler Verstrickung, Gleichförmigkeit, Willkür, zwangsläufig zurücktritt. Soll das Gedicht am geschichtlichen Wendepunkt überhaupt noch Gültigkeit haben, muss es im Zeitlichen das Unzeitliche, im Begrenzten das Unbegrenzte zur Anschauung bringen, also den Moment durch seinen dauerhaften Kern, das Konkrete aus der ideellen Dimension zu benennen suchen, auf dass der poetische Strom im Spiegel strömenden Seins aufglänzen kann. Es bedarf nichts weiter als einer ersten Öffnung von innen her, eines stillen Loslassens, einer fügsamen Hingabe an das, was bis in die Grundfesten gefangen nimmt, um wieder teilzuhaben am Allumfassenden und dessen Rhythmen gemäß zu schwingen, dessen Zyklen zu folgen. Das Ich entäußert sich, beugt sich, verliert sich, aber gerade diese Enteignung schenkt ihm endlich Natur zurück – und rettet damit zuletzt auch sein individuelles Sein, das, neu orientiert, geläutert, dem Wesen nach ebenfalls allumfassend ist. Beide, Subjekt gewordenes Objekt und Objekt gewordenes Subjekt, begegnen und erkennen sich wieder in jener einen Quelle, aus der sie ununterbrochen trinken, der der Erde.

* * *

Wenn der Mensch nicht selbst, ohne Manipulation und Degradation organischen Stoffs, auch nur einen Fuß des Tausendfüßers zu erschaffen vermag, keine Wurzel im Wurzelgeflecht, keine Blüte im Blütenmeer, wenn ihm nicht einmal der Status zukommt, Anziehung und Vereinigung zwischen seinesgleichen zu bewirken, er demnach der irdischen Natur letztlich als Mittel zu dem Zweck dient, ihre Fortdauer zu garantieren, ist er entgegen weit verbreiteter Annahme nicht übergeordnetes Subjekt der Lebenswelt. Und wenn er das nicht ist, kann er auch nicht beanspruchen, die alles beherrschende Mitte seines künstlerischen Werks, dessen gleichsam absolutistischer Urheber zu sein.

* * *

Nur in einem nach besten Kräften errungenen Zustand innerer Leere kann sich die Fülle der äußeren Welt abbilden, kann demnach auch die Komplexität des poetischen Raumes, die Verschlungenheit seiner Silben- und Wortkombinationen wenigstens als Ahnung offenbar werden. Aber keine Leere ohne Entleerung, und eben darin liegt die schier unüberwindliche Schwierigkeit für den spätmodernen Menschen, der sich wie ein Ertrinkender an das klammert, was er als materiellen oder mentalen Besitz erachtet, was ihn anfüllt, abschnürt, langsam versinken lässt.

* * *

Anscheinend sind die prägenden Vorstellungen, Modelle, Begriffe der Moderne durchgespielt, ausgereizt, verbraucht. Daher die Langeweile, der Überdruss angesichts ihrer zwanghaften Repetitionen und Imitationen, die unvermeidliche, in schreckliche Regung übergehende

Gewissheit eines immensen Mangels, der durch Seele und Welt geistert.

* * *

Wenn Bewusstsein, Leben und damit auch Dichtung nicht wenigstens eine geringe Ladung Zukunft – also Vision – mit sich tragen, sind sie gar nichts.

* * *

Der Text, gleich welcher Gestalt, muss seinen Urheber übersteigen. Das ist der nachdrückliche Beweis dafür, dass ein schöpferischer Akt stattgefunden hat, in dem der Geist über unmittelbare Erfahrung und momentane Gemütsverfassung hinausging, dem natürlichen Schaffensprozess folgte und bisher unerforschtes Gebiet berührte. Die schreibende Hand war nur ausführendes Organ, das einige der unendlich vielen Möglichkeiten im Raum verwirklichte und so Außen und Innen aufeinander abzustimmen suchte. Wenn hingegen der Urheber aus subjektiv erhöhter Position auf die Schrift herabblickt, bleibt sie sein Sklave: Ausdruck einer mutwillig oder, schlimmer noch, unbewusst eingeschränkten Perspektive, Zeugnis seiner Verwicklung ins allzu Dinghafte oder Gefühlige, seiner Unfreiheit.

* * *

Der im Ich befangene Lyriker schleudert die Stoffe aus sich heraus, aber er *gibt* nicht, und folglich kann er im

Akt des Schreibens auch nicht *empfangen*. Er tauscht nicht wirklich aus, tritt nicht in Symbiose, weil ihm das Wesen gegenüber, das sich solcher Projizierung und gar der Inbesitznahme verweigert, als eigenständige Existenz abhandenkam. Genau hierin spiegelt sich sein aus der Moderne stammendes Dilemma. Unausweichlich wird er immer einsamer, ebenso wie jenes andere, missachtete Ich, das seinerseits im gleichen Denkmuster eingeschlossen bleibt.

* * *

Unlängst nahm hier, auf dem Vulkan, das im japanischen Zen-Kloster entstandene Gedicht *Bei den Zedern* deutliche Form an: *Ich fege den Weg zum verlassenen Tempel. / Aufsprühen Zweige und Nadeln und Knospen, / Erlöschen: im Scharren erkennt sich der Staub. // Die Arme, die Hände, befreit durch den Rhythmus, / Tun, was zu tun ist: jäh eins mit dem Besen, / Der sie führt, es wirbelt der ruhende Grund. // Ich gehe den Weg, bin Vergessen, umfasse / Alles: ein Werkzeug des Frühren, des Spätren, / Gereinigter Blick aus unendlichem Aug. // Vom Meer weht der Wind heute, morgen vom Berg* ... In der Rückschau fällt auf, wie dieses Ich durch die rhythmische Bewegung einer gewöhnlichen Tätigkeit dem bloßen Selbstsein entzogen und in den Stand gesetzt wird, mit der ringsum lautlosen Natur in Berührung, ja spontan in Einklang zu kommen. Der Handelnde wandelt sich in einen Empfangenden – sein Wesen gleicht nun einer empfindlichen, von den Schwingungen des

Raumes erfassten Saite, die nicht anders kann, als mitzuschwingen, sein Körper dem Resonanzkörper eines feiner gestimmten Instruments, daraus die Welt unverfälschter aufklingt … Solcherart benennt das Geschehen jeweils duale Aspekte, die in der poetischen Textur zu einer einzigen Wirklichkeit verschmelzen: bewegen und ruhen, ergreifen und ergriffen werden, erinnern und vergessen. Das Ich vergisst sich, und genau das beschert ihm den Schlüssel zum Erlebnis des reinen Augenblicks, der Vergangenheit und Zukunft ineinander übergehen lässt, aufhebt in der Gleichzeitigkeit. Was war, was sein wird, ist *jetzt*: allumfassende Gegenwart, in der das Ich alles umfasst … Es ist eingebunden in Natur, mehr noch, es *ist* Natur, woher jener Wind, den der Schlussvers benennt, auch wehen mag …

* * *

Als hätte die ganze Sprache mitsamt ihren Brüchen, Perioden des Verstummens und Schweigens, das aus dem Abgrund zwischen den Wörtern steigt, sich zusammengezogen, um jetzt, in diesem Gedicht oder einem anderen, als Widerhall eines grenzenlosen Resonanzraums gegenwärtig zu sein. Es *ist*, ein nacktes, noch wundenartig offenes Dasein, zugleich materiell und immateriell wie das der Körper. Der Schreiber hat sich in ihm aufgelöst und verloren, um so seines fremden Schemens vor dunkler Welt für einen unwiederbringlichen, aber unauslöschlichen Moment ansichtig zu werden.

* * *

Mancher Vers ist lichtgeschwind, übermittelt seinen Inhalt in geballter, wellengleich aufschäumender Form; ein anderer hingegen schreitet tastend voran, als würde er, noch gefangen im Taumel seiner Entstehung, erst allmählich zu dem ihm bestimmten Ausdruck finden. Beide Rhythmen gehen einher mit den Funktionsweisen oder Phasen unseres Bewusstseins: Einmal arbeitet es blitzartig, dann wieder versenkt es sich in seine nie erschließbaren Tiefen, hier wie dort ebenso unbegreiflich wie das Leben selbst.

* * *

Wenn in der Natur letztlich alles schöpferische Energie ist – Anziehung und Verdichtung, Entfaltung und Umwandlung –, wie sollten dann unsere Gedanken nicht ebenfalls schöpferische, innere und äußere Sphäre prägende und ausgestaltende Energie sein, die aus bislang verborgenen Inhalten neue, umwälzende Wirklichkeit hervorbringt?

* * *

Das Substantiv *Gedanke* enthält nicht nur das Verb *denken*, sondern, aus dem Althochdeutschen, auch den *Dank*. Der Gedanke sollte also ein *dankendes Gedenken* dessen sein, was uns unabdingbar ist, uns Sinn zu enthüllen und zu gewähren vermag.

* * *

Früh abends betrete ich den Garten, wo der Regen mir entgegenpeitscht, öffne die Lippen, lasse die Tropfen eindringen, ein Geschmack von Himmel, lasse das Gesicht waschen. Da ich mich ihm ergebe, scheint er mein stummes Rufen zu hören und mich ein Stück weit in die Höhe zu ziehen. Das allein ist jähes Glück. Schon streife ich unbeschwerter durchs nasse Gras, sammle Äpfel und Walnüsse auf; auch sie tragen, wie ein jeder unter uns, Male dunklen Staubs, die der Lava, bringe die kleine Fracht ins Haus – und esse dann vom innen Unberührten, esse ein erstes Mal, bin, hinter geschlossener Tür, in einem heimischen, diesseitigen Jenseits.

* * *

Wir sind in keinem Moment abgetrennt von der Natur, sondern wie jedes andere Wesen zutiefst in ihr enthalten. Noch die Namen, die wir den Dingen zuordnen, die scheinbar so eigenen Gesten, die wir ausführen, die größten Erfindungen, die wir machen, entstammen ausnahmslos dem Bewusstsein der Natur, den Funktionen und Erscheinungsformen ihres übermächtigen Körpers, die sie auf die eine oder andere Weise nachahmen. Wir dienen ihr als Mittler, dank deren sie sich betrachtet und bespricht wie in einem Spiegel.

* * *

Die Natur versöhnt uns wenigstens zeitweise mit unserer inneren Natur – ihren Abgründen und Drangsalen, ihren nie zu stillenden Sehnsüchten und unerfüllbaren Hoffnungen. So erst können wir den hauchdünnen Faden traumartigen Daseins weiterspinnen und nach diesem oder jenem erfahrenen Unheil, das uns den Zustand permanenter Vergeblichkeit gnadenlos vor Augen führt, noch immer den vergänglichen Duft einer einsamen, gleichermaßen um Leben und Dauer ringenden Rose in uns aufnehmen, als würde er die Erwartung neu schüren, als wäre er Essenz der Ewigkeit. Jede Begegnung mit einem Ding an der Quelle ist heilsame Offenbarung.

* * *

Gewiss, östliche Weisheit lehrt uns das Leben im Augenblick, denn das Frühere ist nicht mehr, das Kommende noch nicht. Aber wer hätte nicht schon, wenn nicht aus der Vergangenheit, die unumgänglich Schmerz und oftmals Reue transportiert, so doch aus der Zukunft den beflügelnden Schauer der Freude, die übermächtige Kraft der Ahnung, das lichte Bewusstsein verborgener Möglichkeiten, also notwendigen *Daseinsgrund* geschöpft? Gerade die nachdrücklich entworfene Vision vom Morgen kann erfüllende Gegenwart gewähren, die über das bloß Faktische triumphiert.

* * *

Unversehens gelangst du, als hätte irgendein Windstoß dich wie ein Baumblatt dorthin geweht, in einer seitlichen Einbuchtung der Fahrbahn vor die hohen

Gitterstäbe eines Tores, an dem du wohl schon unzählige Male vorbeigezogen bist, ohne ihm Beachtung zu schenken. Dahinter tut sich ein Weg auf, ein schmaler, gewöhnlicher Weg, kaum der Rede wert, mit hohem Gras überwuchert, von wild ausschlagenden Gewächsen umsäumt, aber durch das Licht der Abendsonne fast unirdisch beleuchtet auf dem Teilstück, wo er abbiegt ins Schattenhafte … Stellt er, fragst du dich, nicht exemplarisch den Übergang dar aus der Helle ins Dunkel, aus dem Dunkel zurück ins Helle, wie er auch dein schwankendes Leben und all die Erscheinungen kennzeichnet, die du ringsum wahrnimmst? Führt er nicht hinein in jenen unbewohnten, nicht zu ermessenden Bezirk, der vor dir war, nach dir sein wird und jetzt dich von fernher in sein Rauschen hüllt, dich magnetgleich anzieht und durch aufgewirbelten Staub hebt in deinem Staub? Ist er also, mit einem Wort, nicht das Wahrzeichen des Ortes zwischen den Orten, den du nie wirst betreten können, der dir immer verschlossen bleibt, auf dass du erahnst, welch großmütiger Regung des Seins du dich verdankst?

* * *

Gehen, einfach immer weiter, und sei es nur, um die Glockenschläge näher am Ohr zu spüren, den Geruch verbrannten Holzes zu atmen oder in den Pfützen auf schwarz glänzenden Steinplatten die zerstückelten Teile der Welt zu betrachten. Unter einem Luftzug dann ihr plötzliches Erzittern und Verfließen, als sehnten sie, anfängliche Einheit erinnernd, jenes verloren gegangene Element herbei, das sie einst zusammenfügte.

* * *

Während der regenreiche Sturm nachlässt, der Nebel sich verflüchtigt, die Sterne, durchzuckt noch vom Wetterleuchten, wieder sichtbar werden und eine zuvor unvorstellbare Ruhe einkehrt, in der irgendwo fern eine Zikade zu zirpen beginnt, hallt mein Schritt über das Pflaster des Nachbardorfes. Einige Bewohner stehen vor ihren Türen, flüstern miteinander und wirken wie Überlebende nach der Flut, wie zu Statuen erstarrte Verschworene – oder Wiedergänger, die nicht davon ablassen können, an den Ort ihres Liebens und Leidens zurückzukehren.

* * *

Jetzt schießt die Kugel des Mondes aus den Wolken hervor, gleitet dann, völlig schwerelos, seitlich über eine dunkle, fast verwehte Dunstschicht hinweg, um endlich losgelöst, unangreifbar zu prangen. Aber der Anfang der Bewegung liegt im Unsichtbaren, verraten nur durch eine weiß bestäubte Spur. Sie ist eines der sublimsten Zeichen, die wir auf der Erde empfangen können: Anbahnung noch nicht enthüllter Gegenwart, still aufglimmendes Vorgefühl, dass zumindest eine Hoffnung oder ein Wunsch sich erfüllen und den zurückgelegten Weg in die Ferne verlängern wird, so ungeschützt sie erscheint.

* * *

Mit nach Hause trage ich mein Fundstück, mir auf den Weg geworfen, einen feuchten, noch geschlossenen Pinienzapfen, der mich in Bann schlägt. Welch ein Emblem komplexer organischer Ordnung, holistischer Selbstähnlichkeit, spontaner Selbstorganisation! Wie die Schuppen sich aneinanderschmiegen und durchgängig ergänzen, immerzu in fließender Bewegung, die spiralig ansteigt, gemäß den Proportionen des Goldenen Schnitts, bis die Spitze erreicht ist, der Kegel erschaffen, getreues Abbild des Kegels, den die Pinienkrone spiegelverkehrt darstellt, wenn auch mit Abweichungen. Das Kleine erkennt sich wieder im Großen, das Große im Kleinen ... Verkörperte Schönheit, dies Gehäuse üppiger Fruchtbarkeit, gewunden um die Kernspindel: ruhende Weltachse in Miniatur, die Unten und Oben, diesseitige und jenseitige Mitte verbindet, emporstrebende Vertikale, an der das horizontal gebreitete Dasein sich ausrichtet, aufrichtet ... Wenn ich, von seiner Botschaft beseligt, ihn bald zurückbringe ins Waldstück, wird er zu knistern beginnen, sich öffnen und geflügelte Samen freigeben, die der Wind verstreut, um den Zyklus fortzusetzen, dann in Erde sinken, den Humus durchwandern, sich nach und nach auflösen und zu späterer Zeit neu geworden ans Licht gelangen ... Sogar seine zerbrochene Arche wird von der Unsterblichkeit künden, sein vergangener Duft an eine unverletzliche Regel erinnern, die zu befolgen auch uns obliegt.

* * *

Kurz nach Mitternacht ein weiteres, eher leichtes Erdbeben. Es genügt der unsichtbaren Hand, um das Bett nach Belieben hin und her zu schieben, an den Metallstäben zu rütteln, deren Scheppern an jenes bei einer Zugfahrt über marode Gleise erinnert. Obwohl die Erschütterung kaum eine Minute andauert, in der Empfindung aber zu Stunden sich dehnt, schärft sie das Bewusstsein dafür, dass die tiefste Erde, ruhelos, ihre Metamorphosen oben vorbereitet, die mit dem nächsten heftigen Ausbruch des Vulkans eintreten werden; dass wir, trotz all unserem technischen Gerät oder psychischen Rüstzeug, ihr untertan und nur auf Abruf hier sind; dass der Tod, wie dieses Beben, aus dem Nirgendwo kommt, uns also zwingt, die ein Mal gewährte Spanne Leben zu achten und zu hegen, am Ende auch ihn selbst anzunehmen und gutzuheißen. Nur so sind wir wirklich *Gegenwärtige*.

* * *

Am nächsten Abend, nach neuerlichem Unwetter, begleitet von Sturzbächen in den abschüssigen Straßen, von weit ausgreifenden Blitzen und schweren Donnerschlägen, ohrenbetäubend wie nahe Explosionen, Antworten gleichsam auf die nächtlichen Erdstöße, werden mir in anbrechender Stille aus alten chinesischen Texten anonyme Inschriften zuteil. Die eine stammt von einem Bronzespiegel der Han-Dynastie, die andere von einem Grabstein der Tang-Epoche: *Das Innere ist von reinem Wesen durch erstrahlendes Licht; der Glanz ist von lichter Gestalt so wie Sonne und Mond; mit absoluter Loyalität erhebt sich das Gemüt im Nu, ohne etwas zu verlautbaren* ... Und: *Die kalte Sonne sinkt, das Hochplateau dunkelt. / Quelltüren sind geschlossen, allein in Schmerz die Seele. / Menschen an diesem Punkt, wer mag da noch reden?* ... Passagen, um Jahrhunderte getrennt und trotz ihrer vermeintlichen Unvereinbarkeit doch fein miteinander verwoben. Durch labyrinthische Stollen der Zeit ins Heute geschleust, umfassen sie mit ihren aus geheimem Lebens- und Todeskern sprechenden Stimmen die beiden existenziellen Pole. Dort der Aufstieg aus ungetrübtem inneren Licht zum seit je waltenden hohen Licht, dem es sich treu verbunden weiß und annähert: die Ausfaltung; hier der Abstieg in die Nacht, den unterirdischen Bezirk, wo die körperliche Gestalt sich fügen muss und erlischt: die Einfaltung. Doch jeder der Pole, getaucht in Schweigen, birgt den ursprünglichen Impuls zur gegenläufigen Bewegung, infolge deren das Sein unaufhörlich in sich kreist und seine fundamentale Einheit wahrt. Das Nochnicht ist nichts als die Ankündigung des Nichtmehr, der Niedergang nur die Bedingung der Wiederkehr in gewandelter Form ... Wer immer in jenen Spiegel blickte, schlug eine Brücke zu himmlischen Körpern, nahm den Weg vom Staub zum Licht – eingedenk dessen, dass er ihn, zu gegebener Zeit, sehenden Auges in umgekehrter Richtung beschreiten wird, wiewohl ergriffen von Wehmut, Widerhall der Vergänglichkeit in uns.

* * *

Alles, alles fällt dem Fluss anheim, auch das Schöne, scheinbar Einzige; es treibt dahin, anfangs noch strahlend, sich seiner so sicher, unbestreitbar; gerät dann plötzlich in erste heftigere Strömungen, die es hierhin, dorthin werfen, daran zerren, reißen – bis es, abgenutzt, bloße Erinnrung, mitsamt der immer größeren, ihm verwandten Schar einmündet in das Namenlose: den Schoß des Vergessens, identisch mit dem Schoß, der es vor Beginn in sich trug.

* * *

Wir suchen immerzu nach Licht. Erweckt der bewohnte Ort auch nur den Anschein von wachsendem Dämmer, schalten wir automatisch die Lampe ein, um ihn zu ächten, ihn, in dem wir sonst bald uns verloren gehen und der Silhouette des eigenen Todes gegenüberstehen würden. Aber die Natur ist voller Dunkelheiten und Tode, das Universum eine einzige Anhäufung umtoster, saugender Finsternisse.

* * *

Wer sich lossagt von sich und aufbricht in unbekannten Raum, muss demütig sein. Orientiert er sich so an den Geheimnissen und Wundern, die jeder Ort innerhalb der Natur und weit jenseits ihrer bereithält, wird er einträchtiger leben mit sich und den anderen, im weiteren Verlauf des Weges gar, als sei dies Belohnung genug für

Mühsal, Fremdheit, Scheitern, allmählich von einem seiner schlimmsten Stachel befreit: der peinigenden Angst vor dem Tod. Durch Eigensinn und Dünkel aber ginge er fehl, würde zum Irrlicht, käme nirgendwo an – außer wieder bei sich selbst, seinen verzehrenden Irritationen und Obsessionen.

* * *

Vorhin betrachtete ich die Wunde, erstes Signum des sterblichen Menschen, unlängst noch ein klaffender Riss, der jetzt einer haarfeinen Falte ähnelt. Welch rege Kraft das Gewebe aufwendet, indem es, ohne äußeren Eingriff, ohne jeden Winkelzug, Fasern über den Abgrund spannt, sie miteinander verknüpft und ununterbrochen daran arbeitet, die heilsame, rettende Bindung wiederherzustellen. Warum nur ziehen wir aus solch alltäglichem Ereignis nicht die Lehre, den mit fortschreitender Dauer immer tieferen Graben zwischen uns und dem Vergangenen, dem nahen oder fernen Du, ja der ganzen transhumanen Welt zu überbrücken? Denn ein jeder ist Wunde, die Heilung ersehnt.

* * *

Nicht mehr graben, wieder und wieder, in der Hölle persönlicher Existenz, sondern sich einschwingen in die Rhythmen des elementaren Kreislaufs, der die Hölle als den anderen Himmel zu erkennen gibt. Der Wechsel zwischen Nacht und Tag dient dir als untrüglicher Wegweiser.

* * *

Dichtung ist im Dunkel oder Undurchschaubaren verankert, zugleich aber, emporstrebend und sich übersteigend, dem lichtumfluteten Universellen geöffnet. Ähnlich einem Baum, dessen Wurzeln widergespiegelt vielgliedrige, flammende Äste sind, nährt sie ihre oberirdischen Bereiche aus den unterirdischen und umgedreht, nimmt zwischen Unsichtbarem und gerade noch Sichtbarem Gestalt an. Durch den Stamm ihrer Wörter hindurch schließt sie ein ums andere Mal den Lebenszyklus, versehen mit Spuren der Verwitterung, darin Zerfall Neuschöpfung vorbereitet: ein Inbild der Totalität.

* * *

Der Mensch selbst gleicht dem Baum, ist sein Verwandter, der die Arme nach oben breitet, um sich dem Himmel zu überlassen, und dabei die Wurzeln weiter in die Tiefe treibt, um aus nächtlicher Erde beständig angereichert zu werden. Eines Wesens mit ihm, trägt er den Baum in sich.

* * *

Es gilt, die unsichtbaren Dinge durch Einbildungskraft und Wort für einen Augenblick so sichtbar werden zu lassen, dass ihr Geheimnis aufleuchtet und ihre Schönheit ergreift, unerklärlicher als jedes Sichtbare. Nur so empfinden und erkennen wir die magische Kraft, die allem Sein zugrunde liegt, es in einem fort hervorbringt, entfaltet, auslöscht, es mit der Potenz des unendlich Größeren von Anfang an und nach dem Ende, Verheißung wieder neuen Anfangs, maßlos übersteigt.

* * *

So habe ich nie das von Zweiflern und Skeptikern vorgebrachte Argument gegen den »hohen Ton« in der Lyrik nachvollziehen können. Wer den in Natur und All vorgegebenen Signaturen folgt, um daraus ein symmetrisches Muster, ein analoges Zusammenspiel, eine variable oder konstante Größe abzulesen und auf solch verlässlichem Grund das Versgefüge zu errichten, begegnet zwangsläufig Begriffen und Formen, in welchen Struktur und Rhythmik, Eleganz und Faszination aufschimmern. Er befindet sich *a priori* in einer ganz anderen Sprachwelt als der Apologet von Subjektivität und Profanität, der kraft jenes obigen Ausdrucks das verächtliche Urteil fällt, die Tabuzone absteckt, wo elementare, dem Verständnis und Zugriff der Person entzogene Gegenstände und Erscheinungen weder berührt noch genannt werden dürfen. Das Sakrileg würde sein mühsam errichtetes, zäh verteidigtes Gedankengebäude, noch immer abgestützt mit den brüchigen Pfeilern der Moderne, ins Wanken oder gar zum Einsturz bringen. Das Verbot jedenfalls ist mächtig, verfehlt nicht seine Wirkung, insofern es dafür sorgt, dass man weiterhin den Schlaf des unumschränkten Ichs und dessen letztlich doch übersichtlichen, berechenbaren Daseins schläft.

* * *

Man möchte dem heutigen Lyriker zurufen: Verändere deinen Blickwinkel nur um ein Grad, und die Welt wird sich ein klein wenig drehen; dann um zehn Grad, und sie wird dir schon anders erscheinen. Nun bist du gewappnet, einen Sprung zu tun und den Blickwinkel um neunzig Grad zu verschieben: Die Welt wird dich fremd und geheimnisvoll anmuten. Wenn du schließlich eine Wendung um hundertachtzig Grad vollziehst, ist die rechte mit der linken Seite vertauscht, ein völlig neuer Horizont eröffnet und die Welt so, wie sie nie war: eine unergründliche Offenbarung. Denn dein Blick, in dem Absicht und Wille ihren Ausdruck finden, bestimmt darüber, wie sie beschaffen ist. Bleibt er auf den vermeintlichen Status quo fixiert, kann das Wort diesen lediglich illustrieren oder bestenfalls variieren.

* * *

Schließlich, nach all den äußeren und inneren Zerrissenheiten, die das Zeitalter kennzeichnen, all den Versuchen, sie in eine Sprache zu übersetzen, die vornehmlich jenen gewidmet ist, hat der Vers seinen überzeitlichen Wert darin, inwieweit er sich dieser so schlichten und tiefgründigen Formel anzunähern vermag: *Dichtung ist ein Weg zum Heil.* (Wallace Stevens)

* * *

Die poetische Vision stand immer mehr oder weniger in Korrespondenz mit den mythischen, religiösen, wissenschaftlichen Anschauungen der jeweiligen Epoche. Die gegenwärtige Dichtung bildet keine Ausnahme, sie wird auf eigentümliche Weise ebenso verfahren wie ihre Vorgängerinnen. Erst dann geschieht das nimmer zu Erwartende: lautlose Revolution, indem eine Seele, ihrer selbst gewahr, sterblichen Stoff durchquert, die Chiffren der Zeit deutet, bündelt und überflügelt, sich aufmacht in den grenzenlosen Raum.

V

Wir denken, fühlen, sprechen in Symbolen, aus Symbolen, dank Symbolen, wiewohl uns das in entzauberter Epoche nur mehr selten bewusst sein mag. Sie sind Ausdruck eines »Zusammenwerfens« oder »Zusammenfügens« (*symbállein*) dessen, was räumlich und zeitlich, logisch und kategorisch getrennt erscheint, doch wesentlich miteinander verbunden ist, um im Sichtbaren das Unsichtbare, im Gegenstand das verborgene Bild, im Physischen das Metaphysische aufblitzen zu lassen. So leiten sie unsere Wahrnehmung, bieten Orientierung und verhelfen zu Einsichten in jenes geistige Netz, welches das Sein umspannt und durchzieht, noch in hiesiger Sphäre, wo oftmals das »Durcheinanderwerfen« oder »Entzweien« (*diabállein*) die allgemeine, mithin teuflische Norm darstellt. Das Ei zum Beispiel ist nicht nur universelles Gefäß der Fruchtbarkeit, sondern ebenso Träger kosmogonischer, regenerativer, transzendentaler Vorstellungen, der Kreis nicht nur geometrische Figur, sondern durch seine vollkommen runde Form auch Abbild polar ausgerichteter Harmonie, seine in sich geschlossene, unaufhörlich aus dem Anfangspunkt hervorgehende Linie Inbegriff der Ewigkeit und der Unendlichkeit ... Im Weiteren heißt dies, dass nicht zuletzt solche Disziplinen, die häufig als »unwissenschaftlich« abqualifiziert werden – etwa alternative

Heilkunst, Astrologie, selbst Chiromantie –, ihre Berechtigung haben, indem sie den Menschen, der ihnen vertraut, eingliedern in ein Geflecht von Zeichen und Bedeutungen, seine innere Verfassung und rastlose Tätigkeit in Beziehung setzen mit den zwischen Erde und Himmel waltenden Energien, anhand der daraus gewonnenen Analogien und Assoziationen ein Licht hinabsenken in das Dunkel persönlichen Schicksals, unerlässlichen Rückhalt geben und bisher verdeckte Perspektiven eröffnen. Folglich können sie nicht weniger aussagekräftig, wirksam oder gar wegweisend sein als die vermeintlich objektiv gültigen Axiome exakter Wissenschaften, deren Verfechter allzu schnell den Stab über ihnen brechen. Dazu besteht keinerlei Grund, wenn man sich vergegenwärtigt, in welche Sackgassen der herrschende Rationalismus, gekettet an einseitigen Materialismus und Empirismus – die säkulare Trinität –, geführt hat, was uns derentwegen an Imagination und Intuition, an Kontemplation und Vision abhandengekommen ist.

* * *

Angesichts derart bestürzender Verluste im Ideellen kann ich nicht umhin, den alten Künsten der Weissagung eine die Wirklichkeit des Einzelnen und der Gemeinschaft prägende Methodik zuzuschreiben, die heute weder einfach anachronistisch noch absurd anmutet, sondern durchaus ihre überzeitliche Wahrheit besitzt. Wenn der chinesische Eingeweihte den Rissen angebrannter Schildkrötenpanzer, der ägyptische Gottesdiener dem Orakel, der griechische Priester dem Rauschen der heiligen Eiche von Dodona, der römische Augur dem Flug der Vögel die Zeichen künftigen Heils oder Unheils entnimmt, beruft er sich zwar auf die ihm dafür von einem höchsten Wesen oder Prinzip übermittelte Gabe, doch diese besteht eigentlich darin, sich der geistigen Quelle außen und innen gewahr zu werden und zwischen beiden den ursprünglichen Zusammenklang wiederherzustellen. Er erweckt jene intuitiven und imaginativen Fähigkeiten, die während seiner Schau eine Deutung der elementaren Kräfte und Wechselbeziehungen gestatten, und erweitert so, stellvertretend für alle, den Bereich der Wahrnehmung, vertieft die Kenntnis vom Weltgefüge. Wer wollte bestreiten, dass dem aus Herzsinn und Hellsicht gespeisten Wissen die Qualitäten der Gewissenhaftigkeit, Stimmigkeit und Echtheit eignen, dass es durch die Angleichung von subjektiver Erfahrung an objektive Bedingung verbindliche Werte bestätigt oder schafft, dass also, mit einem Wort, das Sein hier als organische Einheit aufgefasst wird, welcher der Mensch unauflöslich zugehört? Aber dieses Band durchtrennt die moderne Wissenschaft, indem sie, gründend auf den Postulaten der Logik und Allgemeingültigkeit, der Wertfreiheit und Nachprüfbarkeit, Natur in disparate Teile zerlegt, denen er als denkende Substanz seltsam isoliert gegenübersteht, und daraus das Gespinst rein mechanischer Prozesse herleitet, das Monstrum eines besser oder schlechter funktionierenden Automaten, beraubt des Vitalen, der *Entelechie* ... Das Licht, das die Neuzeit zur Aufklärung, zur Lösung des Rätsels der Existenz beigetragen hat, war stets umgeben von Finsternis, mählich und fast lautlos gebreitet über die Erde, den Menschen, seinen auf sie fallenden Blick.

* * *

Nach altägyptischem, in Totenbüchern aufgezeichnetem Wissen bedeutet Wahrheit: *das genaue Wort mit der richtigen Stimme aussprechen* – nämlich vor dem jenseitigen Gericht, das über Heil oder Verdammnis entscheidet. Würden wir heute diesen Maßstab an unsere Aussagen – und damit auch an unsere Handlungen, denn der nicht zur heilsamen Tat gewordene Buchstabe bleibt hohl – anlegen, die den Einklang von Wort und Stimme bezeugen müssen, kämen wir einem wahrhaftigeren Leben um einiges näher.

* * *

Einmal, es war im thebanischen Tal der Könige westlich des Nils, bist du hinabgestiegen in die Gräber, um durch das Labyrinth der Gänge zu dem vorzudringen, was den Ägyptern als das Heiligste galt, die Apotheose unauslöschlichen Lebens im Zeichen der wundersam auf- und untergehenden Sonne. Dort, am dämmrigen Mittelpunkt der unteren Welt, in steinerner Leere, bar jeden Relikts, keinerlei Spur von Balsam und Amulett, Lampe und Spiegel, nur die schier endlose Abfolge glimmernder Hieroglyphen auf den Wänden, schien die geistige Wirkkraft des Ortes noch immer unversehrt, von keinem gebrochen: Jäh sank die Schwelle zwischen den Epochen, mit ihr die zwischen Diesseits und Jenseits, und du fühltest, wie der Strom zyklischen Seins sich ringsum schloss. In dem Taumel, der dich ergriff, wurde dir blitzartig bewusst, welch grundlegender Sinn die Vorstellung vom fließenden Übergang zwischen den äußerlich getrennten Zeitebenen erfüllt. Wenn sie fehlt, dachtest du, vereinsamt die Gegenwart, erstarrt zum Schatten ihrer selbst und stirbt ab, gefangen in der zwanghaften Wiederholung profaner Riten angesichts der künstlichen Schranken, die allein die moderne westliche Zivilisation gegenüber der Vergangenheit, vor allem aber zum Tod hin errichtet hat – im Glauben an ein verklärtes, technokratischer Vernunft und bedingungslosem Fortschritt unterworfenes, geradezu ewiges Hier und Jetzt. So drängte sich dir die Überzeugung auf, dass wir, ohne den eingeflüsterten Täuschungen der Furcht zu erliegen, diese Schranken tagaus, tagein entlarven und innerlich überwinden müssten, um das wesentlich von der Vergangenheit sich nährende und stetig dem Jenseits zustrebende Diesseits aus der Verkrustung zu lösen, es nach beiden Richtungen aufzustoßen und dementsprechend neu zu deuten, ungeachtet dessen, was wir im Tod sehen, ein bloßes Ende oder den Beginn nächsten Lebens ... Als du dann, vorbei am Udjat-Auge, getroffen von seinem Strahl, ins gleißende obere Licht zurückkehrtest, war es ein anderes, durchwirkt mit den Fäden des nächtlichen Lichts aus der Tiefe, ein changierender Kokon, der auch dich umhüllte.

* * *

Später, in Edfu, verharrtest du unter einem Deckenrelief des Horustempels, als wollte es dich, den gebannt Aufblickenden, emporziehen und seinem überbordenden wie wohlgeordneten Bilderreigen einverleiben. Jede Stunde dort ist in Gestalt einer Barke dargestellt: Unterwegs durch den Tag, Moment um Moment, ein jeder von unbestimmter Länge, trägt sie ihre Fracht weiter, um diese bald der nächsten Barke anzuvertrauen, die, umso reichlicher gefüllt, die Fahrt fortsetzt. Die Chronologie, plastisch und anschaulich in Szene gesetzt, gesättigt mit vielfältigem Geschehen und leibhaftiger Erfahrung, knüpft das Alte nahtlos ans Neue, das aus ihm resultiert, ja ohne dessen erinnerte Präsenz nicht begreifbar wäre, und beständig darauf rekurriert. So schreitet die Zeit zwar voran, vollzieht sich der Wandel gemäß den Zyklen der überirdischen Welt und der irdischen Natur, des Sternenlaufs und der Vegetation, aber die Vergangenheit ist nie vorbei, die Zukunft eine Spiegelung des seit jeher Gewesenen. Denn Jahr für Jahr kehrt die Zeit in ihren Ursprung ein und kommt verjüngt daraus hervor – ganz im Rhythmus des an- und abschwellenden Nils, der, aus unterirdischen Wassern gespeist, über die Ufer tritt, das Land befruchtet und sich, der Phase entsprechend, wieder in sein Bett zurückzieht. Alles Gewordene bleibt erhalten, gar im Verfall, besitzt dank jener dreifach gestuften und doch *einen* Sphäre des Seins grenzenlose Dauer, bildet ein zugleich bewegtes und unbewegtes Kontinuum, welches die Zeit als das Unerschöpfliche schlechthin offenbart und verbirgt ... Wie weit wir solchem Verständnis entrückt sind mit unserer Auffassung von rein linearer Zeit, begründet durch die biblische Heilsgeschichte, die sich abspielen muss zwischen definitivem Anfang und Ende, Genesis und Apokalypse; dann wissenschaftlich ausgearbeitet im mechanisch-kausalen Erklärungsmodell der klassischen Physik, demzufolge die Zeit eine abstrakte, standardisierte, irreversible Größe bezeichnet, ohne Bezug zu äußeren Erscheinungen; und während der Moderne schließlich rigoros auf die Lebenswelt projiziert unter den zur Norm erhobenen Begriffen Schnelligkeit, Wirtschaftlichkeit, Fortschrittlichkeit, jeweils mit dem Ziel steter Steigerung. Wohin diese Konzeption führt, lässt sich nun daran ablesen, dass die Zeit, zerstückelt in immer kleinere Bruchteile, geschieden von Denken, Fühlen, Tun, uns zerronnen und abhandengekommen ist: Wir haben buchstäblich keine Zeit mehr, mithin keinen Halt im reißenden Strom kaum noch fassbarer und zu bewältigender Ereignisse, zwangsläufig auch keine eigentliche Verbindung zum Früheren, zum Morgigen ... Was aber, wenn die verabsolutierte Beschleunigung auf sämtlichen Ebenen der Existenz zum Selbstzweck ausgeartet ist, wenn daher Sinnen und Trachten ihres Sinns entbehren und also der

Glaube an die versprochene bessere Zukunft zusehends schwindet, weil am Horizont unvermeidliche Bedrohungen lauern, mindestens ebenso schrecklich wie die Katastrophen, die uns bereits in der Gegenwart heimsuchen? Um die Zeit gebracht, Verurteilten ähnlich, drehen wir uns im höllischen Kreis, außerstande, vor oder zurück zu gehen, nur hier und da ein Schritt zur Seite, ein Ausweichen, ein Schaudern, ein Seufzen.

* * *

Während der Rückfahrt nach Luxor, zum Ort des Aufbruchs, als du ausgestreckt auf dem Schiffsdeck in riesige, träge vorbeiziehende Palmenhaine blicktest, deren Zweige und Blätter vor dem Abendhimmel eine stille Geometrie entfalteten, symmetrisch wie die der ersten aufsteigenden Konstellationen, verschmolz jene schwebende Gegenwart mit dem Gefühl vollkommener Zeitlosigkeit. Von fernher, einem der Minarette, drang der Ruf, Gemisch unverständlicher Laute jenseits der Tonalität vertrauter Syntax und Semantik, sie umkreisten deinen Körper, drangen ein, verwandelten sich und formten, kaum vernehmbar, gehauchte Silbenreihen: *Halte inne und besinne dich, sei der Augenblick, tue nichts, was dich davon abbringt; ihn nur besitzt du, er nur beseitigt die Trennwand zwischen dir und dir selbst, dir und dem Anderen, dir und der Erde, dir und dem All. So erst kannst du sein, sein ...* Im leichtesten Wind, der die gedunkelten Wipfel berührte, sahst du jetzt, vor diesem winzigen Ausschnitt Welt, die *Maat* am Werk, das Prinzip der Ordnung,

Gerechtigkeit, Wahrheit, um zu lenken und zu richten, dessen Abwesenheit Chaos und Niedergang herbeiführen würde, und wirklich: Die Dinge schienen gerichtet, regelmäßig und ausgeglichen, durch jedwede Schwankung oder Veränderung hindurch, gleich dem Strom unter dir, den Sternen über dir, und auf der Ebene dazwischen war deinem denkenden Herzen nicht mehr aufgegeben, als sie in ihrem Zustand zu belassen, zu bewahren.

* * *

Es geht nicht darum, den einen Mythos gegen den anderen abzuwägen oder gar auszuspielen. In seiner Tiefgründigkeit besitzt ein jeder seine eigene, durch das Zeitalter bedingte Gültigkeit. Die Astrophysik etwa ist ebenfalls ein Mythos, insofern sie die Geschichte der Entstehung, Entwicklung und Gestaltung des Universums, seiner Kräfte und Körper erzählt. Wenn sie sich dabei auf exakte Beobachtung, Messung und Berechnung stützt, scheint sie stichhaltiger und unserem Bewusstsein näher als die Kosmologien vor ihr. Doch ob sie zum Beispiel das Wesen der Sonne und deren Leben spendende Prozesse *wahrhaftiger* erfasst als der entsprechende ägyptische Mythos, bleibt offen. Man kann nur sagen, dass sie das Gestirn *anders*, eben wissenschaftlich zu erklären versucht.

* * *

Das Wesen des Opfers, kultisches und normatives Gebot der alten Kulturen, lag nicht darin, den Göttern etwas darzubringen, die solcher Gabe gar nicht bedurften, sondern darin, vom Ich zu abstrahieren, es immer wieder zu integrieren in den Raum des Nicht-Ich. Opfern bedeutete teilhaben am Unermesslichen, indem man mit ihm teilte. (Nie werde ich jene paar Reiskörner vergessen, die die Mönche im japanischen Zen-Kloster nach jeder Mahlzeit am Tellerrand zurückließen für die günstig zu stimmenden Geister.)

* * *

Wo das symbolische Opfer verschwunden ist, das persönliche Wohl also nicht mehr in unauflösbarer Verbindung zum gemeinschaftlichen Wohl wie auch in Abhängigkeit von der Übermacht elementarer Kräfte erkannt wird, gewährleistet durch eine alles Leben umgreifende und übersteigende Idee der Achtung und der Liebe, kommt es notgedrungen zu vielerlei realen Opfern unter Individuen, Ethnien, Nationen. (Die untergründige Logik der Sprache veranschaulicht diesen Zusammenhang bereits, indem sie für beide Vorgänge ein und denselben Begriff *Opfer* setzt.) Die mehr oder weniger zerstörerische Gewalt, die dem menschlichen Dasein ebenso innewohnt wie jeder Existenzform auf der Erde und im Weltraum, verschafft sich dann ungehindert Ausdruck, fordert ihren entsetzlichen Tribut. Vor solchem Hintergrund erfüllt hingegen das symbolische Opfer die gleiche Funktion wie das tragische Kunstwerk: Es gliedert jene Gewalt ein in die Trias Hybris, Nemesis, Katharsis und bewirkt dadurch ihre Verwandlung in tiefere Einsicht und gebessertes Tun. Doch in einer mechanistisch geprägten und technokratisch ausgerichteten Zivilisation, der Läuterung und schon gar Umkehr fremd sind, vollzieht sich das Geschehen, Synonym ständigen Kampfes, nur noch zwischen den Polen Hybris und Nemesis – auf jeden weiteren Akt der Vermessenheit folgt unweigerlich der nächste Akt der Vergeltung. Gerade das oftmals blutrünstige Opfer ist Bestandteil einer wahnwitzigen Normalität, mit der sich die moderne Gesellschaft ihre Fortdauer zu erkaufen hofft, letztlich aber selbst verzehrt. Darüber hinaus findet der Kampf innerhalb der Gesellschaften seine fatal folgerichtige Entsprechung im Kampf nach außen: gegen die Natur, die drangsaliert, geplündert, verwüstet wird. Auch dort Opfer um Opfer, erzwungen durch blindes Wüten, Hekatomben, auf dem anästhesierten kollektiven Gewissen lastend, ohne es erwecken zu können.

* * *

Wir vergehen uns am Mitmenschen, dessen Andersartigkeit eine bisher verborgene Facette unserer selbst enthüllen, dadurch erhellend und fürwahr beseligend wirken könnte, zugleich an der Erde, ihren Gaben, ihrer Reichhaltigkeit und Schönheit … Wir vergehen uns und denken dabei beharrlich, dies sei der natürliche, dir wie mir zustehende Akt schlechthin. Die innre Stimme jedoch – wer sonst, wenn nicht sie – weiß es und wiederholt: *Wir vergehen uns.*

* * *

Der Mensch hat den Himmel aus den Augen verloren und so auch die irdische Natur. Er hat das lebendige, vielgestaltige Du verloren und dadurch sich selbst. Einem Schemen gleich, der nach seiner Seele sucht, irrt er nun durch eine verheerte Welt.

* * *

In den Tagebüchern Baudelaires ist der Abschnitt *Die Welt geht ihrem Untergang entgegen* von unerhörter prophetischer Hellsicht. Vor über eineinhalb Jahrhunderten, da die Industrialisierung gerade ihre frühen vielköpfigen Ungeheuer entließ, nimmt er die durchgängige Mechanisierung und Profanierung des menschlichen Lebens bereits vorweg – mit all ihren schrecklichen Konsequenzen: der vom sogenannten Fortschritt und seinem philosophischen Wegbereiter, dem Positivismus, ausgehöhlte Geist, die Abstumpfung der inneren Natur, die bloß noch körperliche Funktionen erfüllt, die Verwahrlosung des Herzens aufgrund der Überhandnahme tierischer Begierden, begleitet von einer Klugheit, die *alles außer dem Gelde verurteilt*, schließlich der Verfall jeder Ordnung, ob im Politischen, Sozialen oder Familiären. Ein einziges Schrumpfen und Schwinden dessen, was einmal unantastbarer Wert und tief empfundener Sinn schien. Am Ende bleibt nur das Vergessen des Vergangenen, die öde, selbstgefällige Zufriedenheit mit der Gegenwart, der völlige Verzicht auf das Künftige … Ein Manifest, das die Moderne erbarmungslos abhandelt, ehe sie sich überhaupt Bahn gebrochen hat, ein Menetekel ihres Wahns, ihres Scheiterns.

* * *

Der Okzident wirkt in geistiger Hinsicht seltsam verbraucht, wie ausgebrannt nach zahllosen Aufschwüngen und Niedergängen. Mit fortschreitender Neuzeit hat er ungeahnte philosophische und kulturelle, wissenschaftliche und technologische Höhen erreicht, befindet sich nun aber, als entginge auch er, der so mächtige, nicht dem zyklischen Ablauf der Geschichte, im Stadium der Auflösung – vergleichbar einem verwahrlosten, seit Längerem aufgegebenen Herrschaftshaus, dessen prunkvolle, reich verzierte Fassade noch glänzt, wenn Abendlicht darauf fällt, das jedoch von innen her dem Einsturz geweiht ist. Dementsprechend verfügt auch der Lyriker, der sich zwischen diesen Mauern bewegt, über keine Stoffe mehr, um von der Größe, Rätselhaftigkeit und Dauer des Daseins zu sprechen. Dazu mangelt es ihm an der allseitigen Perspektive, an Einsicht in das elementare Band, das alles Lebendige und Tote, Diesseitige und Jenseitige verknüpft, an der Vision, wie die allgegenwärtige Erstarrung aufzubrechen und ihrerseits dem Fluss des Wandels zu unterwerfen wäre.

* * *

Die Weltverneinung, der Lebensüberdruss, die Hoffnungslosigkeit in den Literaturen des zwanzigsten Jahrhunderts – mit am schärfsten ausgeprägt bei jenen

Zentralfiguren Pessoa und Beckett, deren eschatologische Prosa das vereinsamte Bewusstsein in seiner radikalsten Aneignung und Verinnerlichung präsentiert, woher beider unbestreitbare Geltung rührt –, sind sie nicht Zeugnis dafür, dass die Moderne, aufgebrochen im fast religiös anmutenden Glauben an Freiheit, Fortschritt, Utopie, schlimmen Schiffbruch erlitten hat? Und sind ihre Schriften nicht Reflexe darauf, dass die im Hintergrund stets waltende mechanisch-kausale Betrachtungsweise, gespeist aus rationaler, reduktiver Vernunft, den Menschen ins Unglück gestürzt hat, weil er fast alles verlor, was ihn überhaupt erst zu einem solchen macht: in jeder Faser vibrierender Körper, weithin lauschende Seele, über profane Niederung hinwegschwebender Geist, ihre unauflöslichen, so vielfältigen Wechselbeziehungen? Wer dies bejaht, wird derartige Werke als eindeutige Endpunkte nicht nur des modernen, sondern des neuzeitlichen Denkens überhaupt begreifen müssen. Der schale Ausklang dringt gerade dem ins Gehör, der sich den verheißungsvollen Auftakt der Epoche anhand ihres wesentlichen Elements, der Stellung des Subjekts zur Welt, vergegenwärtigt: Das Ich, das nach langem Dämmer in mittelalterlicher Anonymität bei Dante strahlend Einzug hielt ins geschriebene Wort – als ein noch an seinen Bruchstellen unangreifbar Ganzes, verflochten in den natürlichen Kreislauf, als Fanal des Dauerhaften inmitten schroffer, feindseliger Zeitlichkeit, als sprachgewaltiges, dem Dialog und der Begegnung verpflichtetes Wesen –, es ist ein in sich kreisendes Etwas geworden, eine des Leibes entblößte, dem Herzen entrissene, delirierende Denkmaschine, ein immer weiter zerfallendes Fragment seiner selbst. Kein Weg mehr, der auf hinlänglich bekannten Bahnen aus solchem Zustand hinausführte, kaum ein Ausblick, der einen ungeahnten Horizont eröffnen könnte. Der Vorhang ist gefallen, es bleibt das bis zum Überdruss wiederholte Stammeln zwischen Ruinen als letzte Form der Abrechnung.

* * *

Im Grunde aber sind wir das Gegenteil der Leere und des Absurden, die uns als Wesensmerkmale menschlicher Existenz während des letzten Jahrhunderts infolge der geschichtlichen Katastrophen einerseits, der Dehumanisierung durch Technologie andererseits wie in einem Zerrspiegel vorgehalten wurden: nämlich ein Reservoir potenzieller Fülle und Sinnhaftigkeit, darin das All beschlossen liegt; ein Medium, das, feiner gestimmt, in jedem Staubkorn und Grashalm, jedem Blitz und Stern einen vibrierenden Knotenpunkt des natürlichen und kosmischen Gewebes erkennen und damit in Resonanz treten kann, um Gesetz und Funktion der großen Ordnung zu entsprechen … Dieses Medium müsste imstande sein, jede Erscheinung in ein universales Gedicht zu verwandeln – oder besser: dessen universal ausgerichteten Text an ihr abzulesen.

* * *

Alles hängt mit allem zusammen, alles tauscht sich aus mit allem, um den Ruf organischen Fließens zu erwidern, dem bis in die kleinste Verästelung sorgsam gefügten Ganzen gerecht zu werden, sonst würde alles in allem zusammenstürzen – ob draußen im All, hier auf der Erde oder drinnen in uns, ja nichts hätte überhaupt je Bestand gehabt, nicht einmal die Abkehr von der Ordnung, die Entzweiung.

* * *

Abermals taucht nun jenes Bild auf, das mich schon seit unvordenklicher Zeit begleitet: Der Spiegel der Welt ist in zahllose Teile zersplittert, die nicht mehr zueinanderpassen, und so erscheint jede Scherbe als die Welt. Oder, auf den Menschen angewandt: Da die Welt als geistige, in sich zusammenhängende Einheit aufgehört hat zu sein, wird das einzelne Subjekt zu einer Welt und jedes weitere Subjekt zu einer weiteren Welt, ja zu einem kleinen Gott, der den Gott der Religion überflüssig macht – abgekapselt, unabhängig, einzig und scheinbar grenzenlos frei, doch bar der ausgleichenden Mitte, der wechselseitigen und übergreifenden Bezüge, die es ehemals kennzeichneten. Versprengtes Partikel, vervielfältigte Reflexion seiner selbst, Phantom der Einsamkeit, belegt mit dem anthropozentrischen Fluch, treibt es durch das Nirgendwo eines verwaisten Raumes, der, anstatt Halt zu bieten, ihm lediglich die Existenz im Angesicht dauernder Katastrophen zubilligt. Es lebt, wie betäubt, ohne Vorstellung von jenem unersetzlichen, ergänzenden und daher beglückenden Anderen mannigfacher Gestalt, das ihm in längst vergangenen Epochen über die eigene Kontingenz hinaus den Weg zu den Rhythmen der Wellen und Sterne wies.

* * *

Die Welt des Individuums war – schätzungsweise bis vor einem halben Jahrhundert – noch verhältnismäßig begrenzt, absehbar und aufgrund überlieferter Normen weitgehend zu teilen mit anderen Individuen. Folglich konnten sie sich in den subjektiv bestimmten Ausdrucksformen zumal der Lyrik trotz hier und dort auftretender Kontraste phänotypisch wiedererkennen und sich wesentlich damit identifizieren. Seit Anbruch des globalen, medialen und digitalen Zeitalters aber – also seit der erste Mensch durch das All schwebte und die Erde von außen schaute, während auf ihr fast zum selben Moment innovative Kommunikationssysteme, insbesondere das Internet ersonnen wurden – ist jene nahezu direkte und unter den früheren Bedingungen prinzipiell garantierte Begegnung im Wort kaum mehr oder bloß bruchstückhaft möglich. Das Ich, einerseits nun verwoben in die erdumspannenden elektronischen Netze, andererseits ausgesetzt dem ins Unermessliche reichenden kosmischen Horizont, hat sich in eine einsame Insel verwandelt, umflutet zwar von Signalen und Informationen, doch seine weiterhin stark persönlich gefärbten und zur Sprache gebrachten Inhalte, resultierend aus dem gewohnt eingeschränkten Blickwinkel, scheinen zwangsläufig obsolet: Sie finden beim ferngerückten Gegenüber, das ebenfalls um eigene spezifische Inhalte kreist, keinen echten Widerhall, ja oft nicht einmal Gehör und Interesse. Daher das paradoxe wie erschütternde Gefühl von Kommunikationslosigkeit inmitten überbordender Kommunikatoren, als klaffte zwischen Ich und Du ein Abgrund oder als seien beide durch eine verborgene Wand voneinander getrennt ... Aus dieser isolierten Lage der Subjekte kann offenbar nur ein Weg zu neuer Verständigung, vielleicht gar fast vergessener Kommunion führen: Die individuelle Perspektive muss selbst global, ja universell werden, sich immer tiefer in den Raum erstrecken, um das Bewusstsein sukzessive mit dessen vielschichtigen Strukturen, Prozessen, Wechselbeziehungen vertraut zu machen und daran zu orientieren, auf dass es gemäß den hierbei abgelesenen Leitlinien arbeite. Dergestalt wird der Raum zur umfassenden Matrix, zum verbindenden Dritten, in dem die zuvor disparaten Stimmen ihren eigentlichen, zweifellos gemeinsamen Ausgangspunkt und Zielort wiederentdecken. Erst durch diese Objektivierung von Wahrnehmung und Erkenntnis, diese Integration des Ganzen in Empfinden und Denken, diese Art der Deviation, die fortan einen eher indirekten Zugang zum Du, zur Welt eröffnet und statt dem eindeutig Berechen- und Bewertbaren notwendig das Unbestimmte und Unscharfe mit einschließt, mag das Wort, auch und gerade das poetische, von Neuem jene so schmerzlich vermisste Konvergenz bewirken.

* * *

Wir denken vielfach noch entlang den Trümmern, die das zwanzigste Jahrhundert hinterlassen hat. Dabei sind wir doch aufgerufen, dem Neuanfang eine Bresche zu schlagen, indem wir aus früheren, den Ideen der Geschlossenheit und Ausgewogenheit, Entsprechung und Übertragung zugeneigten Epochen schöpfen und von dorther jene geistigen Bögen ins Heute spannen, die uns erlauben, nie gegangene Wege in Richtung eines noch unbenannten Morgens zu beschreiten. Indes, auch gegen unseren Willen wird dies sich ereignen, dafür sorgen schon all die Zwänge und Nöte der Jetztzeit, hinter der eine energisch wie drastisch verfahrende Natur die Fäden zieht – zumal sie jetzt, wie jedem vor Augen steht, unsere selbstherrlichen, allzu invasiven Eingriffe nicht länger duldet.

* * *

Konfrontiert mit den immer tragischeren Auswüchsen des Zeitgeistes bedrängen und quälen uns gewiss noch mehr als frühere Generationen zwei einfach zu formulierende, wiewohl entscheidende Fragen, bilden sie doch gleichsam die Hintergrundstrahlung heutigen Denkens. Die erste: In welchem Stadium der Epoche leben wir – im frühen, mittleren oder späten? Die Antwort kommt von selbst, sobald wir die allseitigen Zeichen zivilisatorischer Wirrnis und Zerrüttung wahrnehmen, die sich, unter Einschluss von vielerlei Opfern, zu unheilvoller Schrift zusammenfügen. Die zweite, eng damit verknüpft: Wie verfahren wir mit der Natur, die uns hervorgebracht hat? Auch hier erfolgt die Antwort schnell wie ein Pfeil, in lichterem Augenblick abgeschossen aus dem Reich des verkümmernden Ethos: Wir lassen nichts unversucht, ihre Macht zu brechen, sie zurückzustoßen, niederzuringen, abzutöten.

* * *

Jedenfalls kann man nun, im Bewusstsein endender Ära, kein poetisches Wort mehr setzen, ohne dass es in seinem schwingenden Kern deren Anfänge, frühere Verläufe, späte Folgen mit bedenkt und wie lückenhaft auch immer erkennbar werden lässt. Die Fragen nach der Dichtung sind nicht mehr – aber waren sie es je? – zu trennen von den Fragen nach der abgründigen Beschaffenheit der Gegenwart.

* * *

Empedokles, eng vertraut mit ätnäischer Gewalt, die durch Vernichtung befruchtet und erschafft, wusste um den unvermeidlichen Gang des Weltprozesses, indem er ihn zwischen den gegensätzlichen, gleich mächtigen Polen des *Sphairos*, der völligen Eintracht, und der *Akosmía*, der völligen Zwietracht, ansiedelte: *Bald kommt alles durch die Liebe in Eins zusammen, bald wieder scheiden sich alle Dinge voneinander durch den Hass des Streites* ... Das statische Extrem, immer schon durchdrungen von den konträren Kräften, währt nur einen Augenblick, dann setzt abermals die Bewegung ein, mischen oder trennen die vier Elemente des ewigen Urstoffs sich aufs Neue, und so lösen die Perioden einander ab. Der Wechsel nimmt kein Ende, sein Kreislauf dreht sich unaufhörlich fort, hier das Disparate zur Ganzheit ballend, dort das Kohärente in zahllose Teile aufspaltend, wobei nichts verloren oder zugrunde gehen, nichts aus der Leere oder dem Nichts entstehen kann. Demzufolge befinden wir uns in der Epoche des Streits, wie Empedokles, der ins Exil Verbannte, wie Hölderlin, selbst ein Zerrissener am Beginn der Moderne, der sich in dessen historischer Figur wiedererkannte, den *Todfeind aller einseitigen Existenz*, und ihm zurief: *Das Leben suchst du, suchst* ...

* * *

In seiner Summe und von oben, aus dem Raum betrachtet, ist das Leben *gerecht* – falls dieser Begriff eine über unsere begrenzte, häufig von erlittener Ungerechtigkeit geprägte Vorstellung hinaus gültige Bedeutung hat. Denn es unterliegt dem universalen Gesetz, demzufolge der flüchtige Zustand des Gleichgewichts, in dem alles *mit rechten Dingen zugeht*, aus zahllosen Zuständen des Ungleichgewichts resultiert. Daher kann auch auf der Erde die kurzzeitige Ausgewogenheit im Größeren offenbar allein durch permanente Unausgewogenheit im Kleineren erlangt werden: durch Differenz, Konflikt, Kampf, die zwangsläufig zu Schmerz, Niederlage, Untergang führen, doch wieder nur für einen Moment, darin sich bereits der nächste Aufschwung mit seinen Verheißungen ankündigt, und stets relativ zum Absoluten, das selbst dem dauernden Strom diametraler Bewegungen unterliegt.

* * *

Wenn in brüchiger Epoche eine literarische Form überhaupt noch Bestand zu haben scheint, so die des Fragments – neben der des Gedichts, dem seinerseits ein fragmentarischer Charakter eignet. In beiden äußern sich die jäh aufblitzenden, jäh erkaltenden Regungen einer fragmentierten Gesellschaft, zusammengesetzt aus fragmentierten Individuen.

* * *

Die Zertrümmerung der Sprache ist ja nur das Abbild, also die logische Konsequenz der Weltzertrümmerung – die in neuerer Zeit mit der Zertrümmerung des Atoms begonnen hat, um sich in der Zertrümmerung durch die Kriege im vergangenen wie in diesem angebrochenen Jahrhundert fortzusetzen und in die Zertrümmerung der großen politischen Utopien zu münden, bis sie schließlich ihren infernalischen Höhepunkt erreicht in der nun allseits sichtbaren Zertrümmerung der Natur: eine einzige Raserei im Zeichen des zersetzerisch gestimmten Geistes.

* * *

Der Mensch aber wird als Einheit geboren, und er geht als Einheit zugrunde. Das ist seine existenzielle Unverbrüchlichkeit, dank deren er eingefügt ist in das universelle Kontinuum. Kein von ihm ersonnener Mythos der Spaltung, schon gar nicht jener des neuzeitlichen Denkens, der die Mythen der Schöpfung, der Verwandlung, der Wiederbelebung verdrängt, wenn nicht beseitigt hat, kann sie im Kern antasten. Dennoch, welche Verbrechen im Namen jenes entschieden vollzogenen und brachial fortgeführten Einweihungsaktes der Epoche begangen wurden – in den Ausformungen und Deutungen allen hiesigen Daseins, in unseren daraus entwickelten Entwürfen und Taten.

* * *

Der alten, abgenutzten Syntax, deren Glieder bloß linear aneinandergereiht sind, und ihrer damit einhergehenden einsilbigen Semantik sind wir im Grunde derart überdrüssig, dass wir uns stillschweigend danach sehnen, sie – also die Sprache selbst – neu zu erschaffen, auch wenn ein solches Unternehmen *per se* zum Scheitern verurteilt wäre. Aus peinigender Unruhe, ausgelöst durch den Drang nach anderem, unverfälschtem, gesteigertem Leben, schwebt uns vor, hinter den Schriftzeichen möge sich das Unerwartete, das Unsagbare zumindest schemenhaft abzeichnen: die nie geschaute, nie auslotbare Tiefe des Seins, reflektiert von einer komplexen, bisweilen labyrinthischen Syntax, einer vielstimmigen und zugleich weithin offenen, vieldeutigen Semantik.

* * *

So gilt es, den in unserer Vorstellung zerbrochenen Spiegel der Welt neu zusammenzusetzen, dass daraus ein Spiegel entsteht, in den noch niemand zuvor geblickt hat, der fortan nicht weniger als die Ahnung von den Funktionen, Proportionen und Dimensionen inneren und äußeren Alls zurückwirft.

* * *

Der schöpferische Akt mutet heute allerdings auffälliger denn je als etwas Fremdes, Abwegiges oder gar Überflüssiges an, weil er sich nicht den Maßgaben der Effizienz und der Utilität unterordnen lässt und daher – von gewissen trügerischen Ausnahmen abgesehen – weder die wirtschaftliche Produktivität steigert noch monetären Mehrwert schafft. Im Übrigen wird die allgemein herrschende Ästhetik nicht länger durch künstlerische Werke bestimmt, wie dies in früheren Epochen die Regel war, sondern von der übermächtigen Werbung, ihren vielfach verführerischen Ausdrucksformen in jederlei Medium: Sie ist es, welche die Wahrnehmung in immer gleiche Bahnen lenkt, den Einheitsgeschmack festlegt, das schale Urteil der Masse prägt und durch quasi endlosen Regress bis zu tödlicher Apathie bestätigt.

* * *

Wenn das Pendel der Zeit allzu heftig in eine Richtung ausgeschlagen ist, bedarf es, mit Hilfe des geistig aufgeladenen Worts, einer ebenso heftigen Bewegung in die Gegenrichtung, um auf die Überschreitung der Grenze, die in der heilsamen, betörenden, immer nur ahnbaren Mitte liegt, aufmerksam zu machen. Im Aufschrei regt sich noch Hoffnung, dass die Welt nicht in ihrer elektronischen Mimesis erstarre, einem öden Konglomerat von Signalen und Pixeln.

VI

Zum ersten Mal betrachte ich aus der Nähe jene aus Lavasteinen gefügte Mauer im Garten. Welch rauschhaftes Leben, welche Verschiedenheit, Abstufung und Reichhaltigkeit noch in der kleinsten Ritze oder Höhlung! Erdreste, Moose, vereinzelte Grashalme, Flechten, hier eine mit zarter Gewalt, darin alle Wildheit der Welt liegen muss, hervorgesprossene weiße Blume, ihr winziger Kelch, wie gehaucht, nur wenige Millimeter breit. Das Aufblühende, das schon Verwelkte und das Immergrüne eng miteinander verflochten, doch in jeder Gestalt ganz eigen, unverwechselbar, in ebenso stillem wie fiebrigem Austausch begriffen, hingegeben flirrendem Einverständnis auf dem schroffen Grund des schwarzen Minerals. Sieh hin, sieh hin! Es birgt die Essenz dessen, was zur Erscheinung kommt, was durch eine geheime pflanzliche Plazenta auch dich nährt, was in dir Anfang, Entfaltung, Ausklang ist. Und es wird nie mehr so sein wie jetzt, wird sich augenblicklich verändern, wird dich am Ende überdauern.

* * *

Wir tragen sämtliche vegetabilischen und animalischen Lebensformen in uns, denn wir sind Späterschienene. Würden wir sie wie durch einen Spiegel wahrnehmen und erkennen, wüssten wir, erhellt durch einen Blitz, erstarrt vor Entsetzen, dass ihre Ausbeutung und Ausrottung unseren eigenen Untergang bedeutet.

* * *

Das Animalische in seinem negativen Aspekt: blinde Gier, unbändige Bedürfnisbefriedigung, schrankenloses Machtstreben, hat im modernen Menschen allmählich die Oberhand gewonnen, und daraus resultieren all die Verneinungen und Verwüstungen, die uns jetzt umzingeln, immer weiter in die Irre treiben, in Zustände völliger Bewusstlosigkeit. Da dort gewohntes Denken ebenso wenig Rettung verspricht wie gängiges Fühlen, scheint allein die Rückbesinnung auf das Vegetabilische – seine Gesetzmäßigkeiten, Ordnungsmuster, Gestaltungsweisen – außerhalb unserer selbst und im Innern, wo es ja latent fortbesteht, jenes zerstörerische Ungleichgewicht aufheben oder zumindest lindern zu können.

* * *

Wäre der Mensch doch nur fähig, in einem ähnlichen Zustand des Gleichgewichts zu leben, wie ihn die pflanzliche Ordnung vorgibt. Jedes Gewächs entfaltet sich im dauernden Metabolismus mit dem Raum ringsum und den darin vorhandenen Arten, was noch der verwilderte Garten exemplarisch vor Augen führt. Alles gedeiht mit allem, durch alles. Sämtliche Prozesse und Rhythmen sind äußerst fein aufeinander abgestimmt, im Detail wie im Ganzen, was bei demjenigen, der in dieser Zeit immer rascher verschwindender Natur noch einen Blick dafür hat, die nicht weniger befreiende als beglückende Symbiose aus Wohlgeruch, Empfindung von Schönheit, Verzauberung bewirkt, als sei er tatsächlich in einem seit jeher ersehnten, aber in barbarisch verstellter Welt nicht mehr zugänglichen Anderswo.

* * *

Die Pflanzenwelt kennt wie das Reich der Tiere und Menschen den Kampf um Licht, Nahrung und Boden. Aber in ihr hat er immer etwas Lebenserhaltendes, Erlösendes – gleich dem Lauf des Wassers, das erweckt und beseelt.

* * *

Offenbar bedarf es bisweilen einer gewissen inneren Regression, um zum Kern zurückzufinden, unfassbarer Ort, an dem die eigenen Ausprägungen und Merkmale ihren Anfang nahmen, dann in mannigfachen Richtungen ausstrahlten, sich weiterentwickelten und immer mehr verzweigten. Insofern ist diese Regression eine Rückkehr zu jener tiefsten Bewusstseinsebene, auf der alle Lebewesen mitsamt den sogenannten anorganischen Formen direkt miteinander in Verbindung stehen, Erinnerung an den gemeinsamen Ursprung, Bündelung des Vielen im Einen. Sie geschieht durch Versenkung, ob in der Meditation, im Gebet oder im Gedicht – und ihr charakteristisches, diffus aus dem Raum auftauchendes Zeichen ist der Kreis.

* * *

Entscheidend ist unser Blick auf die Dinge: Wollen wir sie als abgesonderte, zersprengte, letztlich tote Bruchstücke betrachten – oder als von innen her belebte Teile eines umfassenden Ganzen begreifen, das in ihnen, endlos abgestuft, zum Ausdruck gelangt? Die Antwort gibt der Lichtfächer, der auf diesen Tisch im Freien, auf beschriebene Blätter und Stift fällt, sie einbindet in den Rausch der Formen, Farben, Klänge. Ein Nu genügt, und du bist, geleitet vom unstofflichen, unsterblichen Photon, in der Ewigkeit, einer sichtbaren, einer zu betastenden und zu erfühlenden Ewigkeit.

* * *

Wenn man ziellos zu zeichnen beginnt, ergeben sich schon bald geometrische Figuren und Strukturen, die in der Natur wie der Architektur vorkommen und ihrerseits weitere solche Formen hervorbringen, bis ein vielschichtiges, organisch anmutendes Geflecht entsteht. Vielleicht ist das geistig-schöpferische Prinzip des Alls in ähnlicher Weise verfahren, um aus dem Einfachsten, einem Punkt, die unzähligen, in sich verschlungenen Teile der Welt zu entwerfen, sie kohärent und symmetrisch anzuordnen. Und so fährt es fort, hier, in dieser Gegenwart, wissend um Zukunft, aber offen für jene nicht vorhersehbaren Schwankungen, die aus chaotischen Zuständen resultieren, um einmal mehr das Andersartige, doch wesentlich Gleiche zu ersinnen und zu erproben.

* * *

Als ich Paul Klees auf der Tunis-Reise notierte Sätze las, die sein Erweckungserlebnis als Künstler umschreiben: *Ich und die Farbe sind eins. Ich bin Maler*, kam mir spontan der Gedanke: Wenn ich eins bin mit dem Wort, höre ich auf, Lyriker zu sein, bin ich nur mehr Durchgang, eins mit dem irdischen und siderischen Anderen.

* * *

Falls du zu schreiben wagst, trotz der Scheu, das Wirken der Natur in ein immer unzureichendes Wort zu fassen, entgegen dem Verlangen, angesichts ihrer Vollkommenheit einfach schauend zu verstummen, dann vergiss nicht: Der späte van Gogh hat die Landschaften der Provence, ihre wogenden, sonnenüberfluteten Felder, ihre gleißenden Apfelblüten, ihre von Sternen durchwirbelten Nachthimmel mit der Kraft der Vision überhaupt erst erschaffen. Nur so verstrahlen sie ein Licht, das sie im bloßen Auge gar nicht haben, das ihnen allein im gemalten Bild zuteilwurde.

* * *

Deine Skrupel auf schöpferischer Seite begleiten heftige Zweifel an heutigen Zeugnissen der Rezeption. Der stark analytisch geprägte, durch mancherlei anerkannte Zitate scheinbar abgesicherte und mithin für legitim erklärte Kunstdiskurs kann nämlich dem Werk nur selten gerecht werden, beruht er doch auf der prinzipiellen Spaltung zwischen betrachtendem Subjekt und betrachtetem Objekt. Dieses wird untersucht und zergliedert aus der Perspektive und Disposition eines Individuums, das ihm mehr oder weniger fern und eigentlich fremd bleibt. Der Graben, aufgerissen durch die scharf trennende Denkweise, klafft zu sehr, als dass er sich im weiteren Verlauf der Reflexion überwinden ließe. Dort lauert die Gefahr, das Werk – das weder Weltanschauung noch Begrifflichkeit abbildet, nicht durch hergebrachte Regel und Norm zu begreifen ist, sondern einmalig in sich und aus sich besteht, aus Farbe und Form, Helle und Dunkel – zu missachten oder zu verfehlen, zu vereinnahmen oder zu entwürdigen: Symptome eines verzerrenden menschlichen Urteils … Der angemessene Zugang wäre eine wiederholte kreisende Bewegung um das vom starren Hintergrund befreite Werk, die jene frontale Gegenübersetzung aufhebt, so dass es Mitte des ihm eigenen, allseits ausstrahlenden Kraftfelds werden kann. Derart verwandelt sich der Betrachter, unwiderstehlich davon angezogen, in einen Sehenden und Hörenden, sogar wenn er nichts oder nur einen Teilaspekt vom Dargestellten wahrnimmt, und stimmt zunehmend ichloser, inniger mit der ringsum herrschenden Aura überein, ob sie von unauslotbarem Abgrund herrührt, von halbem oder strahlendem Licht. Dem gewöhnlichen Blick entrückt, betritt er den Raum, wo das Wesen des Werks – dessen Wunder – verborgen liegt, bereit, sich zu äußern. Nun erst spricht er in dessen Sprache, begreift ihre Zeichen aus dem Schaffensakt selbst: ein Mitschöpfer, Teilhaber an der buchstäblich umfassenden, verhüllt zum Vorschein kommenden Wahrheit, die auch ihn einschließt, auch ihn meint. Sie ist diejenige, welche die Subjektwerdung des Werks und die Objektwerdung des Betrachters von Anfang an erfordert und herbeizuführen trachtet. Er muss verschwinden im Werk, wie der Künstler darin verschwunden ist, darin aufgehen wie im geliebten Wesen, um von solch unerhörter Verschmelzung gültiges Zeugnis zu geben. So werden sich beide zum Ereignis und erfahren, am *einen* Ort, plötzlich Belebung, Steigerung ihres Daseins.

* * *

Nah sein dem Maler, aus geringem Abstand ihm vielleicht näher, als er sich ist, in seiner Werkstatt, dem *taller*, an jenem Ort, wo Schöpfung geschieht, unter hellsichtigem Blick, durch schlafwandlerisch sichere Hand ... Er holt ein weißes strukturiertes Blatt hervor, zieht darauf mit breitem, in schwarze Farbe getauchten Pinsel Kurven, die bald ineinander übergehen, bald einsam am Rand auslaufen; greift dann nach Kohle und Aquarellstift, um Punkte, Bögen, Spiralen in Leerräume zu setzen, fest aufdrückend, in die Tiefe des Untergrunds eindringend, ungestüm, nicht ohne sanfte Gewalt. Tranceartig fügt er mit schmalerem Pinsel leuchtende Töne hinzu, Zitronengelb und Grasgrün, Appelle oder Reflexe der rings um die fensterlosen Mauern wuchernden pflanzlichen Welt ... Nun treten aus dem Zwischenbereich höhlenähnliche

Rundungen von Augen hervor, zudem Ovale, die einen menschlichen Kopf konturieren, ausgesetzt dem Wogen der überall gegenwärtigen Linien, Muster, wie um sie deutlicher zu erfassen, ihre Botschaften zu entziffern ... Schließlich reißt er von roter Folie kleine Fetzen, klebt sie hier und dort, als sei der vermeintliche Zufall vorherbestimmte Koinzidenz, ans Papier, markiert so Akzente, Bruchstellen inmitten ständigen Fließens, und legt es zum Trocknen auf den Boden ... Derlei ereignete sich in wenigen Minuten, erfüllt von den Energien spontanen Ausdrucks, der die Beherrschung des Materials und unerschütterliches Vertrauen in den schöpferischen Prozess ebenso paarte wie Intuition und Imagination: Der Maler schuf mit der gleichen Gewissheit und Zielstrebigkeit wie die Natur selbst. Seine Hand war Werkzeug, das die Essenz aus Körper, Empfindungsvermögen, Geist in noch nie und nie wieder existente Gestalt übertrug und darin fortdauern ließ ... Hinterher sagt er nur: »Das Papier spricht zu mir.« Diese vegetative Substanz birgt den Schatten des Du, des immer Unbekannten, das ihn ruft, seine Geheimnisse enthüllen will – und er antwortet, öffnet sich ihnen, macht sie sichtbar.

* * *

Kurz darauf, im Kunstlicht der Werkstatt, unberührt von der inzwischen herabgesunkenen Dämmerung, gehorcht er, Pol der Stille, abermals seinen kreisenden, selbstvergessenen Gesten, folgt ihrem Rhythmus, den daraus erwachsenden Gebilden, entwickelt sie weiter, wandelt sie um, ein atemloses Fortschreiten, bis alle verwoben, verschlungen, verschachtelt sind. Nichts wird ausgeschlossen, gering geachtet, gemieden: Der Raum des Papiers erscheint jetzt als Matrix, darin jedes Element aufgehoben ist, integraler Teil eines Ganzen, wo nie etwas verloren geht, kein Aspekt ohne Wirkung bleibt. Die eine Variation des namenlosen Themas leitet direkt über zur nächsten, bestätigt dabei zugleich ihren musikalischen Charakter: Tonleiter um Tonleiter erlauscht, erforscht, in den optischen Bereich übertragen und so stets auch eine Stufenleiter des Seins. Am Ende, schon Vorahnung des Neubeginns, hallt in extrem verdichteter Atmosphäre sein schlichter Satz wider, der den Zyklus besiegelt, Innen und Außen vereint: »Der ganze Kosmos ist im Kopf.«

* * *

Er, Rafael Forteza, hebt die Gesichter, Figuren, Konstellationen aus dem nackten Sosein, verlängert die Umrisse, vertieft die Volumen ins Unermessliche, von wo sie zurückstrahlen und ihnen die Spektren des Anderen einprägen: Das Ich ist ein Nichts, wenn es nicht Spiegel des Nicht-Ich ist. Ein multiples, rezeptives Wesen, das die Impulse aus dem Kontinuum erhält, verinnerlicht und aussendet; das, von sinnträchtigen Inhalten durchflutet, seine Erkenntnis immer mehr verfeinert, umso genauer am Objektiven orientiert und dadurch die Kapsel der Subjektivität aufbricht; das, für die Dauer eines nicht sterblichen Augenblicks, den Einklang wiederfindet mit der Welt diesseits wie jenseits der Wahrnehmungsgrenze – und, ohne sich abhandenzukommen, darin aufgeht. So versenkt er sich in die Schwärze, der ein All entsteigt, streift komplexe Architekturen, die durch das Material mit ihm interagieren, stetige Verzweigungen, abrupte Verwerfungen, und bannt, was getrennt schien, doch unauflöslich zusammengehört, in die Anschauung. Er gibt sich der Weiße hin, um am Punkt völliger Regungslosigkeit, ersten oder letzten Schweigens das Licht zu befreien, dem eine ursprüngliche Wahrheit innewohnen muss, Licht, das ihn führt, ihm die abzubildenden Gestalten und Bewegungen als Äußerung einer Urkraft offenbart, die weder irrt noch täuscht. In dieser Symbiose, diesem gleich einem Bogen gespannten Drang ist nichts unbrauchbar oder überflüssig, nichts leblos: nicht einmal der Stein auf dem Tisch, der unversehens menschliche Züge annimmt, nicht der erratische Block vor der Werkstatt, der sich einen Spaltbreit auftut, um zu keimen, zu knospen, zu grünen. Er wächst, wächst über sich hinaus, während alle Dinge drinnen und draußen in der Schwebe verharren, einander schauen, einander lauschen.

* * *

Die Natur lügt nicht. Treibt sie Glut aus dem Erdinnern, lässt sie ein Meer entstehen, ein Gebirge, formt sie ein erstes Weichtier in sphärischer Gestalt, entfesselt sie reinigende Stürme, bringt sie jenen Baum, solche Blüte hervor, tut sie dies und nur dies, sich absolut treu: ein Wunder der Authentizität, der Identität von Idee, Absicht oder Wille und Akt. Daher kann es für uns, lediglich eine ihrer unzähligen Verkörperungen, weder besser noch schlechter als die übrigen, keinen Weg geben als den, ihr gemäß zu denken, zu empfinden, zu handeln, Augen und Arme weit zu öffnen, sie in jeder ihrer Ausprägungen zu empfangen und zu lieben, zu würdigen und zu schützen. Allein dann wären wir imstande, uns selbst und den anderen gegenüber aufrichtig zu sein.

* * *

Beim Gang durch strömenden Regen, vorbei an triefenden Pflanzen, umschwebt von aromatischen Düften erwacht der sehnliche Wunsch, die Stelle eines japanischen Malers in ferner Epoche einzunehmen, mit Tusche ein Felsmassiv aufs Papier zu werfen, daran Kiefern und Zedern einträchtig aneinandergereiht hochsteigen, in tief ziehende Wolken gehüllt, die hier fast den Boden berühren, dort eine Baumspitze freigeben, in eine Stille ohne Eingriff, ohne Spur menschlichen Wesens – und dann gelassen, losgelöst, eins mit dieser verewigten Gegenwart, diesem Nichts, das alles ist, überzuwechseln in die skizzierte Landschaft, dort weiterzuwandern, ganz zu verschwinden, um kein Gran verschieden vom Natürlichen ringsher.

* * *

Der Mensch ist in dem Maße eingeschlossen in die Welt der natürlichen Dinge, wie diese durch die Evolution in ihn eingeschlossen sind. Er trägt sämtliche Spuren früherer, lange vor ihm erschienener und größtenteils wieder verschwundener Lebensformen bis zum sogenannten Anorganischen in sich, *ist* demnach Stein, Pflanze, Tier. Sie alle bilden sein eigentliches Fundament, wirken über geologische Epochen hinweg im Innern fort, um nun, wenn er sie nur hörte, aus ihm zu sprechen – und ihm kraft ihrer latenten Gegenwärtigkeit den ungeheuerlichen Anspruch zu verweigern, ein aus dem irdischen Zusammenhang losgelöstes Wesen zu sein, das, über die Waffe unabhängigen Willens verfügend, vollkommen eigenmächtig, ohne Erinnerung an seine Ursprünge, ohne *existenzielle* Verpflichtung gegenüber seiner vielschichtigen Herkunft sinnen und trachten kann.

* * *

Eben noch war der fast volle Mond unsichtbar, dann trat er trüb und träge hervor, um nun, taghell leuchtend, die schwarze Erde mit stäubender Kreide zu überziehen, als hätte er nie etwas anderes gekannt. Immer wieder, ob draußen oder drinnen, die natürliche Reihung dieser drei Zustände, die einander zeitigen, um den Übergang aus der Latenz in die Evidenz, vom Opaken zum immer Transparenteren und damit Bewegung, Fortentwicklung und Klärung alles Irdischen und Überirdischen zu gewährleisten.

* * *

Nur ein schlichter Akt jetzt, diese Geste, die dir nichts abverlangt, der du nichts schuldig bleibst, hier vor dieser roh aufragenden Mauer, verrußt, von Rissen und Spalten durchzuckt: naturgegebene Zeichnung, wahrer als jede menschliche, darin die Verwitterung ihr unabänderliches Werk weiter vorantreibt – schmuckloses, von einem längst Entschwundenen errichtetes, keiner Ehre teilhaftig gewordenes Monument, das, ohne je die Stunden, die Tage zu zählen, ein Jahrhundert überdauert hat: Mit der Hand vergessen darüber streichen, die feine, manchmal so sanft gewölbte Körnigkeit ertasten, als formte sie ein geliebtes Gesicht, dahinter dann, offenen Ohrs, die verborgene Welt erlauschen, ihre immerfort arbeitenden Materien, deren erdhafter Drang noch in der Erstarrung unverbrüchlich bleibt – und du fühlst plötzlich die Zeit pochen in dir wie absolute Gegenwart, ohne Vorher noch Nachher, bist ein winziges Stück weit tiefer du selbst in deinem auf sie geworfenen Schatten, bist ein für allemal verbrüdert mit dem Original, dem Wirklichen.

* * *

Ein Unglück, dass im Westen eine Vielzahl künstlerischer Werke weiterhin von den drei einander bedingenden Dogmen der Moderne des zwanzigsten Jahrhunderts beherrscht wird: Subjektivität, Avantgardismus, Transgression. Diese zwingen ihnen jetzt, so spät noch, die Merkmale der Verstörtheit und des Verlorenseins auf, haltloser, jeglicher Norm abgeneigten Bildsprache, manierierten, oft genug auf Provokation zielenden Exzesses, die sich wie eine undurchdringliche Kruste über den schöpferischen Stoff ziehen, ihn missbrauchen, unterminieren, zersetzen. Wer sich solchem Befehl verweigert, gehört nicht dazu, existiert nicht.

* * *

Die Welt ein Hypermarkt, auch und gerade die der Künste. Überall Genien (sie heißen heute »Shootingstars«) und Meisterwerke in zuvor nie gekannter Anhäufung, die beworben und verkauft werden müssen wie jede Ware, um die Maschinerie des Handels in Gang zu halten, in immer absurdere Dimensionen zu treiben. Dieser Ort mit seinen ehernen und doch so durchschaubaren Mechanismen und Gesetzen – ist er noch Vorhölle oder schon Hölle? Erst diejenigen nach uns werden es wissen, in verächtlicher Rückschau – oder aber so daran gewöhnt sein, dass ihnen derlei ebenso gleichgültig ist wie ein Spiel, nicht anders als jene endlosen, blitzschnell einander vervielfältigenden Spiele, die auf Bildschirmen ihr reales und analoges Leben ersetzt haben.

* * *

Durch die dauernde Benutzung der Geräte und Apparate, seiner Spielzeuge, degeneriert der erwachsene Mensch auf die Stufe eines kindisch Primitiven, und das in nahezu allen Teilen der Gesellschaft. Dergleichen war gewiss nicht das Ziel der Aufklärer, der Verkünder des wissenschaftlichen und technischen Fortschritts.

* * *

Wir sind dazu verdammt, überall und ständig dem Maschinengewehrfeuer der Werbung ausgesetzt zu sein; dies ist eine unserer Foltern, eine unserer Geißeln, die das von der Technologie begonnene Werk der Nivellierung, Banalisierung und Substituierung dessen, was einst singuläre Innenwelt war, weiter beschleunigt. Wie konnte es so weit kommen, dass vernunftbegabte, empfindungsfähige Wesen sich derartigen Gehirn- und Seelenwäschen willenlos, ohne Anzeichen von Auflehnung, unterziehen? Hiermit entrichten sie den Preis für ihren obskuren Wohlstand, werden dafür gewiegt, gewiegt in der Illusion, alle Dinge, die notwendigen wie die überflüssigen, seien käuflich, würden ihre ins Profane gedrängten Bedürfnisse stillen und folglich den abgrundtiefen Mangel an Eigentlichem beheben.

* * *

Interessant immerhin, dass in der Werbung zunehmend der kosmische Raum als Hintergrund (etwa für Fahrzeuge) auftaucht oder der Begriff *Unendlichkeit* benutzt wird, um die Größe, Tiefe und Weite des Produkts zu preisen (»Ouvrez vos fenêtres sur l'infini!«). Paradoxerweise – oder doch eher zwangsläufig – enthalten die Ausdrucksformen des ermüdeten, schwindenden neuzeitlichen Bewusstseins bereits Hinweise auf ein künftiges universelles Bewusstsein, das sie im Grunde verneinen. Jedenfalls durchziehen siderische Bilder allmählich Denken und Dasein.

* * *

Wie merkwürdig, wie aus einer künftigen, offenbar uns erwartenden Zeit dieses Werbeplakat einer Firma, das großflächig einen Handrücken mit implantiertem Chip exhibitionistisch darbietet. Die menschliche Hand, wundersames Werkzeug, dank dem wir zu jenen wurden, die wir sind – entstellt nun, funktionaler Träger eines Messinstruments und Steuerungssystems, denaturiert. Sie selbst erfährt das Schicksal der gesamten Natur, wird zum bloßen Objekt, zur Schnittstelle für Analyse, Kontrolle, Manipulation. Der unaufhaltsame Prozess der Bemächtigung und Ausplünderung alles Irdischen hat schließlich auf seinen Urheber übergegriffen: Er, der es zu beherrschen vorgab, wird von den eigenen Erfindungen beherrscht und unterwirft sich ihnen, knechtisch. Der elektronische Impuls ist der neue Herr, zwingt dem Menschen eine zweite Natur auf, die künstliche, kaum noch zu unterscheiden von der ersten, vormals einzigen, untrüglich selbst in ihrer Wandelbarkeit, ihrer Schattenhaftigkeit.

* * *

Betrachtet man die als Heroen, als furchtlose Weltenretter oder säkularisierte Heilsbringer glorifizierten Figuren in Werbung oder Film, die das ohnehin häufig teilnahmslose, abgespannte Denken in eine Art Dauernarkose versetzen, verrät bereits der flüchtige Blick, dass sie mit ihrer Ausrüstung – gepanzerte Schutzkleidung, hochentwickelte, futuristische Geräte, tödliche Waffen – mehr und mehr Robotern mit noch menschlichem Antlitz ähneln. Der Traum der frühen Neuzeit vom *homme machine* nähert sich seiner Erfüllung, gleichbedeutend jedoch mit dem Albtraum, der die Abschaffung charakteristischer Merkmale der Spezies verlangt. Dabei wird die äußerst lernfähige Maschine zunehmend intelligenter, erinnerungsreicher, der Mensch einfältiger, vergesslicher, weil er ihr ganze Bereiche der Überlegung und Verknüpfung, der Einschätzung und Folgerung überlässt und fast alle seine relevanten Daten auf Festplatten und Chips oder in virtuellen Wolken auslagert. So tritt er hinter ihr zurück, löst sich allmählich auf in ihren alles mit allem zu einem uniformen Sammelsurium verlinkenden Netzen, um bald ganz mit ihr zu fusionieren.

* * *

Die sukzessive Durchleuchtung und Erfassung des Menschen in all seinen Aspekten und Äußerungen, das ist die allgewaltige Realität, die er seinerseits durch Enthüllungen jeder Art willfährig unterstützt und verfestigt – seltsamerweise nicht ohne larmoyant zu klagen, wenn unerwünschte Eindringlinge ihm gewisse, als persönlich eingestufte, doch längst der Aura des Geheimnisses beraubte Informationen entwendet haben. Wozu also die Aufregung? Er will ja durchschaubar, berechenbar, steuerbar sein, Orwells düstere Prophezeiung, sollte sie überhaupt noch gegenwärtig sein, verkehrt er in beseligende Verheißung. Ein doppelter Irrtum: Nicht nur liefert er damit sich jenen aus, die solche Daten begierig für schnöde Zwecke missbrauchen; die scheinbare Transparenz verschleiert, dass keine wahre Transparenz eingetreten ist, und dient ihm als Vorwand, sein Selbst – wie das der anderen – weiterhin in opakem Zustand zu belassen, sich weder tief nach innen zu öffnen noch weit nach außen, auf Erde hin, auf Himmel. Das Individuum bleibt mehr denn je eine Insel, eingeschlossen in sein beengtes und ausschließendes Bewusstsein, seine trügerische *persona*.

* * *

Alles Bestehende wird digitalisiert und virtualisiert – von der Topografie des Raumes über die äußere und innere Gestalt des Menschen, seine Bewegungen und Kontakte, Bedürfnisse und Neigungen, Motive und Ambitionen bis zu den Arsenalen des Wissens, in denen das geistige Erbe einer ganzen Gattung aufbewahrt ist. Die genuine physische Wirklichkeit – selbst die Glieder dieses Ausdrucks beginnen zu flimmern, werden undeutlich, als suchten sie, einer Zeit entstammend, die heute schon als weit zurückliegende Geschichte erscheint, nach ihrem Sinn – verschwindet vor unseren Augen, aus unserem Bewusstsein. Was aber sollen wir ohne sie, also ohne Körper, der im Takt seines natürlichen Urgrundes schwingt, ohne Ding, das durch seine Wahrnehmbarkeit und Greifbarkeit die Empfindung anregt, die Vorstellungskraft auflädt, ohne lebendiges und belebendes Du noch sein? Wohin sollen wir uns wenden, wenn die Lichter draußen und drinnen verlöschen? Der Weg, führt er tatsächlich in die Nacht unwiederbringlichen Verlusts, nur schwach erhellt von flackernden Röhren, durchrauscht von dumpfem Getöse?

* * *

Jede Nacht sehe ich ihn, unten, auf den Stufen zum Innenhof, gebeugt über den winzigen Monitor – buchstäblich sein Aufseher –, dessen Leuchtkraft den Umkreis in irrealen Schein taucht, wie um einen unberührbaren, heiligen Ort in der Finsternis abzugrenzen ... Es geschieht nichts; nur manchmal regt sich der Finger, tippt auf das weißlich glühende Glas oder wischt etwas von dort weg. Die monotone Mechanik der Gesten birgt, wenngleich sie ihn zu verheimlichen sucht, den Schauder lähmenden Entsetzens; denn die Zeit ist zerstreut, abgetötet, der Mensch, im Bann seines Götzen, ein Erstarrter, Einsamer.

* * *

Große Kulturen haben uns Tempel, Kathedralen, Kunstwerke vermacht. Wir hinterlassen Netzwerke, Informationen, binäre Signale im Äther und Tunnel, Leitungen, Deponien tief in geschundener Erde, am trüben, vergifteten Meeresboden. Es ist das Zeitalter ultimativer Hybris unter dem düsteren Namen *Anthropozän*.

* * *

Eine leidende, desorientierte Gesellschaft, um fast alle durch Natur begründeten Werte gebracht, kann kaum lichte, dauerhafte Werke hervorbringen, sondern nur solche, die ihrer inneren Verfasstheit entsprechen. Woraus aber sollen dann die neuen, nicht sogleich von tosenden oder geräuschlosen Mahlströmen verzehrten, zukunftsfähigen Schöpfungen hervorgehen? Die Antwort ist die einfachste, vielschichtigste, uns unzugänglichste: aus der ersten Quelle, deren Wasser dem Geist Ideen widerspiegelt, die beiden seit jeher innewohnen, in noch potenziellem Zustand, schwankend, aufwallend, der Verwirklichung harrend.

* * *

Elektronische Botschaften, die in einer Sekunde zum Empfänger gelangen, gibt es nur, weil Gedanken, also in Buchstaben übertragene immaterielle Bilder blitzschnell zwischen Menschen ausgetauscht werden können. Ähnlich verhält es sich mit den sogenannten Clouds. Im Laufe der Epochen werden Ideen im Raum hinterlegt, von wo die später Geborenen sie abrufen und nach ihren Erfordernissen, ihren Wertvorstellungen weiterentwickeln oder verwerfen können. Was für die Software gilt, hat seinen Grund in der Hardware: Chips simulieren die Arbeitsweisen des Gehirns, indem sie dessen parallel funktionierende und vielfach vernetzte Strukturen reproduzieren. Mit anderen Worten: Jede technologische

Errungenschaft stellt lediglich die Manifestation eines zutiefst ideellen Vorgangs dar, den sie zur Anwendung bringt. Doch das dominierende Nützlichkeitsprinzip verschlingt selbst die Erinnerung daran – an die geistige Wurzel allen Seins.

* * *

Allgemein wird die Sprache zusehends zur bloß gelallten, vom Englischen vereinnahmten Hülsensammlung, bestürzend in ihrer Einsilbigkeit: *at, app, pod, pad* ... Derartige, durch ständigen Gebrauch bis zur Besinnungslosigkeit zerschlissene Stereotypen sind unangreifbar, ja allmächtig, denn sie haben – und dulden – keine Synonyme, Antonyme, Homonyme neben sich. Ursprünglich sandte jedes Wort, vergleichbar einem ins Wasser geworfenen Stein, wellenförmige Schwingungen aus, die bald sich mit denen anderer Wörter überlagerten, bald sie nur streiften, verfehlten oder verneinten. Erst so konnte die Sprache ihre komplexen Beziehungs- und Bedeutungsmuster entwickeln, zum gespiegelten Abbild der Welt und des darin tätigen Geistes werden. Aber in welchem jener entleerten Buchstabengehäuse fände er noch seinen Ort? Während die Frage durch den Raum schwebt, vermehren sie sich rasant; einige sterben gleich wieder ab, andere fallen erst allmählich dem Vergessen anheim; manche jedoch halten sich hartnäckig, verrichten weiter und mit immer größerer Wucht ihr Zerstörungswerk in den Köpfen.

* * *

Wie doch die Blindheit im Unscheinbaren auf die Blindheit im Übergeordneten schließen lässt. Ein Mann schwebt im Untergrund auf der Rolltreppe nach oben, nimmt Essbares aus einer Tüte, zerknüllt und wirft sie in die Tiefe, wohlwissend, dass nicht er sie später aufheben und entsorgen muss. Wenige Momente später, auf der Etage angekommen, wendet er sich zur Seite und schlendert an einem Papierkorb vorbei, ohne ihn wahrzunehmen. Und dieser eine Mensch steht exemplarisch für viele, die ähnliche und noch weitaus gröbere Handlungen ihm vorgemacht haben oder nachtun werden. Es sind die kleinen abschätzigen Gesten, in denen der durch Technologie und Digitalisierung stumpf gewordene Sinn einer Gesellschaft offenbar wird, längst auf dem Weg, an ihrem Überfluss inmitten grundlegenden Mangels, ihrem von Dünkel geleiteten Zynismus zugrunde zu gehen.

* * *

Auf Schritt und Tritt, ob drinnen, ob draußen, diesseits oder jenseits des Horizonts – es gibt kein Entkommen! –, diese alles begrabende Masse von Geräten und Automaten, Erfüllungsgehilfen für unaufhörliche Kommunikation, Antreiber zu unersättlicher Konsumtion, ausersehen, die Festung von Geist und Sinn zu schleifen und kurz darauf, ebenso blindlings entsorgt wie erworben, als Mahnmale gigantischer Wertvernichtung auf den Friedhöfen der Elektronik zu enden. Aber kaum mehr eine Seele – schon das Wort ist tabu –, die abgewandt von derlei Schrottbergen aus sich spricht, frei wie am namenlosen Anfang und flügelschlagend aufsteigt zur Sphäre, um von dorther zu künden, was hier unten verprasst, verschlissen und dem Gewimmel einverleibt wurde, ehe es seinen ureigenen Ausdruck finden, der ihm vorgezeichneten Atemspur folgen konnte.

* * *

Die Technologie – wertneutraler Begriff für den Totalitarismus der Elektronik und ihrer Algorithmen – ist kalt, gleichgültig, ausschließlich bestrebt, sich in ihren maßlosen, oft unnützen Innovationen zu verewigen. Sie kann weder Werte stiften noch eine Ethik begründen, weder Zusammenhalt herstellen, der über standardisierte Kommunikationsmuster hinausgeht, noch jenseits ihrer selbst ein Bild der Welt entwerfen, das in menschenwürdige Zukunft weist. Mehr noch, ihre gesamte Existenz hängt geradezu ab von der Veräußerlichung des Inneren, der Materialisierung des Geistigen, der Dematerialisierung des Körperlichen. Das von ihr durchgesetzte Diktat des Fortschritts zwingt dazu, Vergangenes in einem fort zu dementieren und zu annullieren – also lebensnotwendige Inhalte aus dem individuellen und kollektiven Gedächtnis zu tilgen –, um auf den Trümmern eine flüchtige Gegenwart nach der anderen zu errichten, unempfänglich für jedes Nachher. Die Zeit zerfällt in eine gleichförmige Serie isolierter Punkte, gerinnt zum bloßen, allmächtigen Präsens. So bleibt die Wirklichkeit begreifbar, messbar, verwertbar.

* * *

Der Mensch hat sich im Laufe seiner Entwicklung immer der Technik bedient, um die nahe oder ferne Erde zu kultivieren und dem ihm eigenen Überlebens- und Gestaltungswillen Ausdruck zu verleihen, zunächst in primitiver, dann in zunehmend raffinierter Form. Bis vor nicht allzu langer Zeit war sie Einfassung des Lebens, diesseits deren er sich wenigstens tendenziell geistig und kulturell verfeinern konnte. Inzwischen aber ist aus der Einfassung die alles bestimmende Mitte geworden: Das Sein des Menschen löst sich allmählich auf in der Technologie, in totaler Information und Kommunikation. Daher die innere und äußere Leere, die ihn zum Waisen macht in verwaister Welt.

VII

Das beendete Buch ist manches Mal der Grabstein einer hiesigen Liebe. Seine Existenz verdankt sich zügelloser Abgeschiedenheit, abgründiger Versunkenheit, vollkommener Ergebenheit dem schöpferischen Stoff gegenüber. Es hat den Eros aufgesogen, verwandelt, übertragen, um jenen wiederkehrenden Zustand geduldiger Ekstase hervorzurufen, der den Schreib-Akt bedingt, bis darin eine Hellsicht aufflackert, während das innere Auge durch Seinsschichten schweift und einer Vielzahl von ideellen Wesen und Erscheinungen begegnet, die sich einzig in Wörtern und Bildern äußern. Das Buch legt davon Zeugnis ab, dass seine codierten Buchstabenreihen Zwiesprache halten mit dem All, den endlosen Formen des Möglichen jenseits der einen verkörperten Gestalt, selbst wenn diese im Vordergrund zum beschworenen, gefeierten Gegenstand der Leidenschaft wird. Für solche Überschreitungen muss es seinen Tribut entrichten – und liegt dann neben dir, allein.

* * *

Das Leben eines anderen Menschen ist zu groß, zu wunderbar, zu schmerzlich, als dass mehr als nur ein Bruchteil davon zu erfahren, zu durchdringen wäre. Darin liegt unsere unaufhebbare Tragik.

* * *

Im Hier und Jetzt hat man weniger mit dem geliebten Wesen selbst zu tun als mit den Chimären seiner Vergangenheit, die es in Augenblicken der Schwäche, wenn die gewohnten Strukturen sich als haltlos erweisen, heimsuchen und zerreißen.

* * *

Die Geschlechtlichkeit ist ein beständiger Quell der Trauer, der Wehmut, des Vergeblichen.

* * *

Wer viel gelitten hat, sieht die Welt im Fadenkreuz des Schmerzes und wird blindlings Schmerz zufügen. Ein gefährliches Wesen, das hier am Werk ist: Sprengstoff aus Fleisch und Blut, der jederzeit explodieren und schlimmen Schaden anrichten kann. Der willkürlich Getroffene zahlt dann ebenfalls mit der harten Münze des Leidens, seinerseits ins Joch dieses Irrkreises gespannt, den wir abschreiten bis zur Neige, einander immerzu ins Verderben stürzend.

* * *

Unfassbar, wie der Lauf der Dinge bisweilen einer Verschwörung gleicht, gerade dann, wenn der geliebte Mensch – und damit die Welt – sich entfernt und unzugänglich wird. Anrufe, vorher noch fast entbehrliches Ornament am gemeinsam vollbrachten Werk gegenseitiger Hingabe, bleiben aus, Briefe, deren Buchstaben die starre Kruste täglichen Wirrsals und persönlicher Verstrickung blitzgeschwind durchdringen konnten, um in herzdunklen Kammern die frenetische Kraft leuchtender Zeichen zu entfalten, ein jedes bedeutsam, der unergründlichen Logik der Liebe getreu, zukunftsträchtig, werden nicht mehr beantwortet. Das Schweigen, von *einem* Geschöpf ausgesandt, erfüllt den ganzen Raum, der nun nichts ist als Leere, saugend, verschlingend. Es bedurfte nur einer minimalen Abweichung, eines plötzlichen, wiewohl leise vorbereiteten Rückzugs, und die fehlenden, bisher so selbstverständlichen Botschaften bewirken den tiefsten Riss im Gewebe, das uns hier hält. Ein Tag des Wartens hat die Länge eines Jahres, in dem das Licht von irgendeinem Stern zur Erde reist ... Die grenzenlose Bestürzung rührt zuerst daher, dass die Stimme, in der das nie zu erobernde Innerste des anderen Wesens als unverwechselbarer Klang und wogender Rhythmus mitschwingt und fühlbar wird, verstummte. Man ist von ihr getrennt, also auch vom Körper, aus dem sie spricht, seinen vertrauten Gesten und fesselnden Blicken, bald und vor allem aber vom Strom des Seins, der ihn durchpulst, auf einzigartige Weise zum Leben erweckte und der vormals geteilten Gegenwart zuführte. Solche Seinslosigkeit, die durch rasenden Schmerz zu erkennen gibt, dass letzte Erfüllung offenbar allein in der Verschmelzung mit dem Du möglich ist – wer unter den Seienden könnte sie ertragen? In diesem stehenden Jetzt zu sterben, ist mehr denn bloße Empfindung: völlige Auflösung, ein Tod, dem die Auferstehung folgen mag, der jedoch ständig präsent sein wird. Es ist die Nacht der Nacht, jene schreckliche *Nacht der Seele*, ihrer anfänglichen Verlassenheit gewahr, des Schattens, der sie von Geburt an begleitet und mit dem sie nun innig vereinigt ist, ohne vom Morgen zu wissen.

* * *

Wie eng die Konvulsionen des Schmerzes verwandt sind mit den Konvulsionen der Lust, gleichermaßen gekrönt vom Schrei, in dem sie sich entladen. Zwei Seiten ein und desselben Seins, wie Finsternis und Licht, wie Zerstörung und Schöpfung.

* * *

Im Augenblick des geschlechtlichen Höhepunkts, da wir hinter versiegelten Lidern Blitze aufzucken sehen oder eindringen in unauslotbares Dunkel oder einfach nur fallen, fallen durch leere Räume und jenen *nunc stans* der Mystiker durchleben, erliegen wir nicht einem Phantasma unseres Bewusstseins, sondern streifen tatsächlich den Beginn aller Schöpfung, der sich in diesem heftigen Wechselspiel von äußerster Zusammenziehung und endloser Ausdehnung wiederholt. Derart übersteigen wir unsere Bedingtheit und erlangen den Zustand, in welchem die Zeit gelöscht, der Anfang mit dem Ende identisch ist. Jeder von Seufzern begleitete Liebestod verheißt eine Wiedererweckung – dies ist das schönste, wenngleich jederzeit widerrufbare Versprechen für uns. So haben wir teil am Ewigen, *sind* wir ewig. Eben daher rührt, auf der physiologischen Ebene, das einzigartige, unfassbare Glücksempfinden.

* * *

Seltsam, dies Traumbild vor einigen Nächten, das mir seither nicht aus dem Sinn will: Eine verwegen schöne Frau mit rot geschminkten Lippen geht an mir vorüber, steigt eine Treppe hoch, stellt sich auf ein Sims, lächelt mir zu – und stürzt sich in die Tiefe. Das sofortige Erwachen war blankes Entsetzen, gepaart mit dem Eingeständnis, dass ich dem Geschehen tatenlos zusehen musste, als hätte eine ferne, unnahbare Macht es gesteuert, und durchschossen von der Gewissheit, dass die Andere entschwunden, für immer verloren ist.

* * *

Die Liebenden sind schwebende Gestalten, aus unterschiedlichen Richtungen aufgebrochen, zuweilen einander berührend, ein aus der Tiefe gestiegenes Wort tauschend, das sie erleuchtet, entflammt und ihnen den Gleichklang gewährt, den Taumel, die Überschreitung der sonst scheinbar streng gefügten, unergründlichen Person, wodurch aus beiden ein Drittes erschaffen wird, in dem sie sich wiedererkennen, für einen Moment dem Katarakt der Zeit entrissen, die, so will es der unbestechliche

Wandel, doch bald sie zurückruft, an ureigene drängende Kräfte gemahnt, an das bislang Ungelebte und noch Unerfüllte, weshalb sie schließlich, getrennt nun, weiter durch den Raum treiben, der ihnen alles schenkt, alles nimmt, den Blick gesenkt, erschüttert, als wären sie aus dem nächtlichen Delirium eines Traums verstoßen worden, jeder auf seiner Bahn, erneut dem Ungewissen lauschend, ihm irritiert folgend, selbst nur flimmernde Inkarnation des immerzu veränderlichen Seins, einer Bestimmung entgegen, die unsichtbar ist, nie zu orten, in kein Wort zu fassen, ein Phantom ... Kein bildnerisches Werk scheint diese fortlaufende Bewegung zweier menschlicher Schemen vor dem Hintergrund schwarzer Leere mit schärferem Blick und genauerer Einfühlung festzuhalten als Edvard Munchs Holzschnitt *Begegnung im Weltall*, zu dem er – wenig genug, doch vielsagend – schrieb: *Menschen sind wie Himmelskörper. Sie kommen aus dem Unbekannten, um sich zu treffen und wieder zu verschwinden ...*

* * *

Aber kann ein Satz der Geliebten ergreifender sein als dieser, der im Nu aus unergründlicher Kümmernis den Glanz eines einzigartigen Augenblicks herbeizuzaubern vermag und so noch mit zerbrochener Gegenwart versöhnt, ja durch bloße Wahrnehmung neuen Atem gewährt? »Wenn ich dich sprechen höre, sehe ich Licht aus deinem Mund fließen.«

* * *

Die echte Sinnesempfindung ist aufgrund spontaner neuronaler Vernetzung immer synästhetisch, und wie es sich in der freien Rede verhält, die ihr Ausdruck verleiht, so auch in der gebundenen. Zumal das Gedicht ist ein grandioser Komplex der Synästhesie, der einen prägenden Eindruck davon vermittelt, dass die vielfach gefächerten Erscheinungsweisen der Dinge unauflöslich miteinander verwoben sind.

* * *

Wenn es einer Stimme gelänge, einsichtig zu machen, dass neben, unter und über dem, was wir als »Wirklichkeit« bezeichnen, eine unsichtbare, von wie immer geartetem Licht-Element regierte Wirklichkeit existiert, die die unsere hervorbringt, sie wie eine Sphäre umfasst, überall und jederzeit durchdringt, wäre ihr Auftrag erfüllt.

* * *

Sie sagt zu ihm: »Du hast mich gewaschen mit deiner Güte, mich weicher gemacht«, worauf er erwidert: »Und du hast mich gewaschen mit deiner Kohle, mich härter gemacht.« Abseits der Metapher meint er, sie als die Getriebene habe ihn unwillentlich in Dunkelzonen geführt, zur Erfahrung und Anerkenntnis dessen, was rauh, schwer, wie unbewohnt ist: jener in den Grund des Daseins eingravierte Schmerz, der berührt und zutiefst empfunden werden muss und erst dadurch, nach langen

Phasen im Dämmer, den Wiederaufstieg zum Licht gestattet. So sei sein Lebens- und Schreibsinn genauer an der Wirklichkeit ausgerichtet und unwiderruflich darauf verpflichtet worden, während sie mehr und mehr der Strömung folgte, die schon immer die ihre war, auf deren rauschende Zeichen hörte, gelöster nun, von allerlei Fesseln befreit. In diesem wechselseitigen Prozess geschah es, dass ein jeder den komplementären Aspekt seiner selbst empfing, das Weiche mit dem Harten versöhnte, und beide waren verwandelt.

* * *

Gib, ungeachtet deiner Niederlagen und Enttäuschungen, jedem Menschen, nicht nur dem geliebten, so viel du kannst, tu es auch darin der Natur nach, denn du weißt nicht – und sollst bei deiner Geste auch gar nicht daran denken –, welche Reichtümer er selbst oder durch andere dir eines Tages zutragen wird, um dich, buchstäblich im letzten Augenblick, zu heben und zu retten.

* * *

Die Ströme, die Flüsse, die Rinnsale, dem Weiblichen in innerer und äußerer Gestalt, im Hervorquellen und Verfließen, in den Mäandern und Mysterien wie schwesterlich zugetan: Wasser, magische Substanz, körperlich und unkörperlich zugleich, ganz und gar Urkraft, die alles zu durchdringen, alles zu verbinden und zu trennen, in der Auflösung zu erlösen vermag. Durch seine Reinheit und

Durchsichtigkeit bildet es, wie das Wort, den Übergang von der Materie zum Geist ... Welch kostbares Gut, das in uns zirkuliert, uns zu Membranen des Lebendigen macht.

* * *

Wir *sind* das Wasser, sein Stürzen und Steigen, sein Wirbeln, Schäumen und Tosen, die Schleifen, die es zieht, jedes Ende an Neubeginn knüpfend, dabei Erde umwandelnd, Licht verstrahlend wie Dunkel, wieder und wieder ... Wer es in Sinnen und Trachten verschmutzt, es missachtet und erniedrigt, beraubt sich dessen, was er ist, richtet sich selbst durch jene elende Starre, wie sie einer Endzeit anhaftet.

* * *

Als würde er impulsiv dorthin gelenkt, schweift mein Gedanke noch einmal zurück zur cartesianischen Spaltung, in der die vorliegenden Aufzeichnungen ihr anfängliches Gegenmodell haben und die sie auf ihre Art zu überwinden suchen. Wie sollte gerade jenes Element, das in mir die Lebensflamme entzündet und unterhält, das Wasser, außerhalb meiner ein minderwertiges Objekt oder gar toter Stoff sein? Es gibt Paradigmen, die längst widerlegt sind (wenn sie sich nicht schon selbst *ad absurdum* führten), aber nichtsdestotrotz zäh überdauern, weiterhin über unsere Anschauungen herrschen und den Schritt durch all die Tage und Nächte dem Irrweg überantworten.

* * *

Ein Akt, ob im Denken oder Handeln, ob im philosophischen, wissenschaftlichen oder künstlerischen Werk, der zu bestimmter Zeit richtig und geboten erscheint, kann später verfehlt und überholt sein, mit schwerwiegenden Folgen. Das betrifft die Bekundungen von Individuen ebenso wie die von ganzen Epochen.

* * *

Und wie könnte man, den Faden weiterspinnend, das Gestein leichtfertig als »unbelebt« klassifizieren, tektonisches Fundament des Planeten, das sämtliche Organismen trägt, auf zerfurchter Oberfläche beherbergt, in Form pflanzlicher und tierischer Überreste einschließt, solche Erbschaft treusorgend verwahrt und um ein Vielfaches überdauert? Gemessen an den mehr oder weniger knapp befristeten Spannen im Lebendigen verkörpert es das schlechthin Ewige – ruhende, reglose Materie, die zu größter Bewunderung Anlass geben müsste, doch souverän und würdig, durch kein Empfinden getrübt, sie niemals beansprucht. Mi Fu jedenfalls, der chinesische Dichter und Maler der Song-Periode, verlieh seiner Hochachtung Ausdruck – dies ist bezeugt und in späteren bildnerischen Werken dargestellt –, indem er sich vor einem schroff aufragenden Steinblock verbeugte und ihn »Älterer Bruder Fels« nannte. Die Geste war ein Bekenntnis zur unverbrüchlichen Verwandtschaft mit dem Mineral, fernem und zugleich nahem Vorfahr, welchem er die eigene Existenz zu danken wusste, dessen vitalisierende Substanz spurenhaft auch in ihm fortbestand, ja seit jeher aus verborgener Tiefe seinen Atem vorausgeahnt zu haben schien. So begegnete er, versetzt man das Geschehen in heutige Begrifflichkeit zurück, einem Abkömmling jener die ganze Erde einfassenden, von schöpferischer Kraft erfüllten Urkruste der Lithosphäre, ohne die weder Hydro-, Atmo- noch Biosphäre entstanden wären, jener monumentalen Gebärmutter aus Stein, der Äonen später distinkteres Bewusstsein entspringen sollte. Vom Blitz der Erleuchtung getroffen, überwand Mi Fu die Kluft zwischen dem Belebten und dem vermeintlich Toten und huldigte so im stummen Gegenüber nicht nur den entlegenen Gebirgen, Wohnsitz der Unsterblichen, sondern namentlich der Allverbundenheit zwischen den Wesenheiten aufgrund ihrer gemeinsamen Herkunft, dem immerwährenden Kreislauf, der sie kontinuierlich miteinander austauschen und ineinander übergehen lässt. Unter seinen diversen Nachfahren im Westen schrieb einer, Novalis, als würde er ihn über Kulturen und Zeiten hinweg aus dem Augenwinkel betrachten und im Anblick des gleichen Gegenstandes leise zum menschlichen Bruder erklären: *Wird nicht der Fels ein eigentümliches Du, eben wenn ich ihn anrede?*

* * *

Unter dem Magnolienbaum im Garten spürte ich durch einen Stich und erkannte: Seine Knospe – welch ästhetischer Gegenstand, der einen rührt durch ungeahnte Zartheit und das Gefühl überschwänglicher Liebe wachruft zu all dem, was gedeiht und anschwillt, aufbricht und Blüten treibt, um schließlich doch dem Untergang anheimzufallen – ist auch ein Stachel. In der Natur ist nichts ungemischt. Ob Wesen oder Ding: Ein jedes birgt seine Eigenschaften in doppelgesichtiger Anordnung, kann nur aufgrund dieser Leben spendenden und bewahrenden Spannung zwischen den Gegensätzen verstanden werden.

* * *

Nicht von ungefähr tritt nun, nachdem der von Norden hereingebrochene, stundenlang wütende Orkan sich allmählich gelegt hat, wieder das andere Extrem ein: die völlige Reglosigkeit, Ankündigung einer geisterhaften Stummheit, als wollte die Natur auch im Großen mit Nachdruck begreiflich machen, dass sie gemäß fundamentaler Polarität arbeitet, die wir, fixiert auf bloße Ausschnitte, beharrlich übersehen, überhören – wo doch die Einsicht in deren Wirken ein klareres Licht auf das eigene Dasein wie das der anderen werfen und uns mit der periodischen Abwesenheit des antagonistischen Zustandes versöhnen würde.

* * *

In unserer der Erde und dem All entfremdeten Enge warten wir auf das Wunderbare, das *einmal* uns zuteilwerden möge, dabei geschieht es, spontan, sobald wir nur den Blick heben: Draußen ragt jetzt aus dem Meer das herrliche Segment eines Regenbogens empor und spiegelt sich, ein paar Himmelskilometer weiter, mit umgekehrter Reihenfolge der Farben, im blasseren Segment eines zweiten Regenbogens. Ein überwältigendes Phänomen, das sich, wie sehr wir Heutigen auch zu ihr neigen, nie in der physikalischen Erklärung erschöpfen kann. Sieh doch, es *ist* so, oben wie unten: Nichts im Raum, das nicht seine Entsprechung finden und sich daran wiedererkennen würde, nichts, das nicht aus dem universalen Gedächtnis stiege und durch die Zeiten fortdauerte, um augenblicklich dich zu ergreifen und hinauszuheben.

* * *

Wie jedes Leben hingeht in seiner charakteristischen, ihm vorgezeichneten Bahn, durchdrungen von einzigartiger, unhörbarer Melodie ... Wissen wir, wer wir sind? Woher wir kommen, wohin wir eigentlich unterwegs sind? Die synaptisch vielfach vernetzte, unterbewusst regulierte innere Welt ist uns nicht weniger unbekannt als die äußere, die sich stetig verzweigt, verändert. Wir bestehen fort angesichts der Ereignisse, die an uns vorüberziehen, scheinbar abgesichert durch tröstliche Vorstellungen, kleine Ekstasen, mancherlei stichhaltige Zielsetzungen, und bisweilen gelingt uns ein kurzer Aufschwung, den wir gern für zweifelsfreie Erkenntnis halten, ein flüchtiger

Blick ins Verborgene ... Aber wir wissen nicht, warum jener Fluss, dem unser Auge während einer Wanderung folgt, seit Urzeiten sein Bett in die Landschaft gräbt und mit ihr weiterhin eine dynamische, untrennbare Einheit bildet; warum dieser Baum standhaft Wind und Witterung trotzt, um dann doch vom Blitz gefällt zu werden, der als Medium für seine Entladung in Erde gerade ihn wählt; warum all die Sterne die Nacht erhellen und uns immerzu leuchten, noch im Tag, wenn wir sie nicht sehen und ihre Anwesenheit vergessen ... Wir sind schlafwandlerische Fremde, hierher geworfen aus endlosem Raum, das ist unsere einzige karge Gewissheit. Wie können wir uns darüber täuschen, wo doch selbst die letzte Grenze des eigenen Daseins, der Zeitpunkt des uns gewissen Todes, völlig ungewiss ist?

* * *

Als wäre er abermals im Innern gezündet worden, erinnerst du dich des Blitzes, der vorzeiten bei schwerem Gewitter auf normannischer Steilküste nur wenige Schritte neben dir einschlug. Dein gefasster, gar nicht erstaunter Blick folgte dem grell verzerrten Strahl, der in die Erde fuhr, bewegtes und doch erstarrtes Inbild des uneinnehmbar Elementaren, dem keine Macht hiesiger Welt zu trotzen oder zu widerstehen vermocht hätte. Wie unbedeutend, wie ausgeliefert du warst, zugleich erfüllt von der Bewunderung seiner Einmaligkeit und Schönheit. Die Detonation brachte den Boden zum

Beben, erschütterte auch dich – im jähen Bewusstsein, dank unerfindlichem, solch kleinen Abstand wahrendem Geschick verschont geblieben zu sein, einen weiteren Aufschub von diffuser Dauer erhalten zu haben. Bald gingst du leichtfüßig über den Fels durch strömenden Regen, das noch aufgewühlte Meer unten, oben der schon offenere Himmel, und warst, für diesen Augenblick, ein maßlos, ein endgültig Befreiter.

* * *

Ich weiß nicht, wer ich bin, kann aber erahnen, was ich bin, wenn ich mich der natürlichen und übernatürlichen Wirklichkeit öffne, sie zu entziffern versuche, sie in mich aufnehme, mit jedem Atemzug innen wirken lasse und begreife, dass sie mich zu dem geformt hat, der ich bin, dass sie unentwegt weiter an und in mir arbeitet, dass ich also ganz und gar ihr Geschaffenes bin.

* * *

Ich bin, der ich war. Die eine Eigenschaft hat sich auf nachhaltigere Art entfaltet als die andere im Reservoir der Dispositionen, aufflatternder Schmetterling gleichsam, der Wiege seines Kokons entschlüpft; manches Ziel sich deutlicher abgezeichnet, ohne je den Schauer unanfechtbarer Erfüllung zu gewähren, wenn es einmal erreicht schien; dieser oder jener Wunsch sich aus der Täuschung genährt, die ihn bald löschte, wodurch ein weiterer seine Glut schüren konnte, aber auch das war von vornherein so angelegt. Ich bin, der ich bin. Der erste, auf das so unsichere Terrain eines Lebens angewandte Satz der Identität, darin Ich und potenzielles Nicht-Ich zusammenfallen und der mich in mir verankert. Er gilt bis in alle Zukunft, wann immer sie enden mag: Ich bin, der ich sein werde.

* * *

Ich war schon vieles, war hier Diener, dort Herr, und immer wieder beide in einem. Man muss unaufhörlich danach streben, noch umfassender zu sein, noch tiefer in sich hinabzusteigen, noch höher über sich hinauszugehen und in dieser vertikalen Bewegung die unbekannte Skala des zubestimmten Daseins auszuloten. Allein so ist man wirklich, im Brennpunkt des Augenblicks, von einer Dauer zur nächsten, an ständig wechselndem Ort, bis man zu jenem einzigen und wahren gelangt, dem keinerlei Gestalt eignet, der, unberührbar, völlig durchscheinend, schwebende und alles erfüllende Stille selbst, kein Ort mehr ist.

* * *

Alle Zweiteilungen, die wir vornehmen – leicht und schwer, gut und schlecht, schön und hässlich –, sind trügerisch, weil sie lediglich unserer individuellen Einstellung, einer aus vielerlei Engrammen zusammengesetzten Empfindung Ausdruck verleihen. Dieser Gedanke brannte sich mir ein, als ich vorhin in silbriger, von lauer

Luft durchwehter Nacht unter dem gerundeten Mond stand. Mit einem Mal erschien mir meine Existenz in all ihrer Unergründlichkeit und Schemenhaftigkeit als vollkommene, gerade noch wahrnehmbare Halluzination. Das Gegenteil, die Nicht-Existenz, war in diesem Moment von ebenso zweifelsfreier Gegenwart, wie sie sonst jener Macht eignet, die wir dem Tatsächlichen zuschreiben. Nichts, ja gar nichts unterschied mehr die eine Seite von der anderen. Ich war und war zugleich nicht. Ich hob die Hand, aber sie gehörte zu einem, den ich nicht kannte. Ich sah mich, wusste jedoch nicht zu sagen, wen ich eigentlich sah. Diese keineswegs bestürzende, eher gleichmütig erfahrene Abwesenheit konnte ich nur derart deuten, dass zwischen Sein und Nichtsein keine kategoriale, sondern eine modale oder graduelle Differenz besteht, und dass folglich die offenbaren Gegensätze als Abwandlungen einer verborgenen Einheit aufzufassen sind, abseits jeder Vorstellung, die wir uns von ihnen machen, wie auch der Namen, die wir ihnen geben.

* * *

Erde, zerstäubt zu Licht, Licht gesenkt in Erde, und wir die Misch-, die Zwischenwesen: funkelnder Staub, der dem Stern gleich am Ende auflodert, wie damals, bei seiner Geburt, allmählich erlöscht und umerschaffen wiederkehrt.

* * *

Vermutlich ist auch der sogenannte Zufall gar nicht das, was wir gemeinhin darunter verstehen. Denn selbst die scheinbar beliebige Stelle eines Kieselsteins am Meeresstrand, wohin die Welle ihn spülte, ist das Ergebnis einer endlos langen Reihe von Ursachen und Wirkungen, eines unentwirrbaren Geflechts von Strömungen und Gegenströmungen, atmosphärischen Einflüssen und unterseeischen Vorgängen, ihren nie vorhersehbaren Schwankungen und stets veränderlichen Wechselbeziehungen. All diese Faktoren – und gewiss noch etliche weitere, zuallererst jene, die ihn überhaupt erst entstehen ließen – führen schließlich dazu, dass der Kieselstein nirgendwo anders liegen kann als dort, an seinem Platz. Das Ereignis stellt eine zwangsläufige Folge dar, eine Notwendigkeit. Wir sollten also, eben weil uns der Einblick in derartige Zusammenhänge verwehrt bleibt, nicht von »Zufällen« sprechen, sondern von »Koinzidenzen«. Deren gibt es unzählig viele, ob auf der Erde oder im Weltraum – ja das ganze Sein ist, so betrachtet, eine einzige Serie von Koinzidenzen –, zugleich aber in unserem eng abgesteckten Umkreis. Wenn wir beispielsweise inständig an einen bestimmten Menschen denken, ihn leibhaftig vergegenwärtigen in der Vorstellung, gespeist aus früheren, im Gedächtnis abgespeicherten Eindrücken, die wiederum aus gemeinsam Durchlebtem und Überwundenem herrühren, aus geteilten oder vielleicht gerade zuwiderlaufenden Ansichten und Empfindungen, wenn wir demnach aufgrund derart komplexer Verbindungen ihn geradezu herbeirufen, da uns aus triftigem Grund seine Anwesenheit unerlässlich ist – und sei es nur, um ihn zur Rede zu stellen und für immer wegzustoßen –, nimmt es nicht wunder, dass er, wie eine Erscheinung aus dem Nichts, plötzlich vor uns steht.

* * *

Wer im Denken statt von unverhofft geschehenden »Zufällen« eher von der Notwendigkeit der Ereignisse ausgeht – sowohl derer, die er selbst anstößt, wie jener, die ihm widerfahren –, wird das persönliche, überdies das allgemeine Daseinsmuster deutlicher wahrnehmen und besser begreifen. Denn er legt den Akzent des Betrachtens und Handelns auf die innen tätige, von ihm bewusst und in Einklang mit organischem Gesetz gelenkte Energie, welche in der Weise nach außen wirkt, dass hemmende, für schädlich erachtete und schmerzlich erlittene Einflüsse mehr und mehr ihre Macht verlieren, während im gleichen Maß eine facettenreiche, stimmige, wahrhaft eigene Welt Gestalt erhält. Dieser ersehnte Zustand reicht dann nah an die Formel des *gelingenden Lebens* heran, die gewiss das höchste uns hier erreichbare Gut benennt. Ungeachtet der wiederkehrenden Wendungen also, der Rückschläge und Enttäuschungen, aber auch der Aufstiege und Triumphe, richtet dieser Mensch sein Streben nach Entfaltung und Vervollkommnung auf ein Ziel, das ihm bestimmt ist und infolge der jeweiligen Lage zwar variieren mag, aber als augenfälliges Zeichen am Horizont der Vorstellung nie aus dem Blick gerät. Analog einem lebendigen System organisiert er sich selbst. Genau das besagt der Begriff *Entelechie*: die jedem Naturwesen eingeprägte, grundsätzlich durch nichts zu beeinträchtigende Fähigkeit zur sukzessiven Verwirklichung der in ihm angelegten Möglichkeiten. Damit ist der Ablauf des Notwendigen in Gang, das blinde Treiben des »Zufalls« außer Kraft gesetzt.

* * *

Selbst unser vermeintlich freier Wille wird offenbar in den Tiefenschichten der inneren Welt gesteuert, wo die von unzähligen Generationen übermittelten phylogenetischen wie epigenetischen Botschaften (deren Ursprünge ihrerseits lange vor dem Menschen im Tierreich liegen) wirksam sind, vom Gehirn verarbeitet und in Handlungsimpulse übertragen, beständig ausgesetzt dem wechselhaften Licht und Dunkel gegenwärtiger Verhältnisse, die ihnen weiteren Schliff verleihen, sie in der Weise prägen, dass wir uns entsprechend anpassen, einordnen und zurechtfinden, um im Räderwerk der Tage und Nächte nicht verloren zu gehen. Frei sind wir folglich nur in dem Glauben – oder in der neuzeitlich bedingten Illusion –, solch urtypische Abläufe nach Gutdünken und mit linker Hand beeinflussen, gar beherrschen zu können.

* * *

Es genügt schon, einen kahlen Ast gegen den Himmel zu betrachten, seine emporstrebenden Zweige, vielfach gegabelt, den Buchstaben V entwerfend, Urform, die erlösende Öffnung nach oben – symmetrische Entsprechung der Rune Hagal, die den Aufstieg aus grobstofflicher Erde zum feinstofflichen Licht vorzeichnet, allem Natürlichen als Bestimmung eingeschrieben, und das Innere, der vertikalen Richtung der Linien folgend, hebt sich plötzlich, gerät selbst in Schwebe … Zugleich jener die Stille zerreißende Ruf eines Vogels, der in der Antwort des Artgenossen noch mitschwingt, weitere Rufe hervorlockt, um nun ringsher widerzuhallen; dann dieser eine Sonnenstrahl, der trotz dicht gedrängter Wolken genau in der Sekunde herabfällt und das Fell der Katze berührt, da ich die Hand darauf lege, um der geschöpflichen Wärme neben mir teilhaftig zu werden; schließlich, wenn die Augen abermals über den verwischten Horizont gleiten, das Schiff, das fern im dunstigen Blau der Dünung auftaucht und wie saumselig durch meinen abwesenden Blick treibt, Erinnerung an nie zu ermessenden und ebendeshalb immer magnetischen, immer mysteriösen Raum: einträchtig gefügte Welt, Vergegenwärtigung allseits herrschender Resonanz, manifester Synchronizität, weithin ausgespannter Korrelation, die im Zusammenspiel eine sinnerfüllte und mit bloßen Sinnen erfahrbare Koinzidenz nach der anderen herbeiführen … Ergangene Einladung zum offenbarten, unauslöschlichen Augenblick des Glücks, der es lohnt, einmal dessen Zeuge, einmal auf der Erde zu sein.

* * *

Auch das Leben der Dorfbewohner, angesichts zivilisatorischen Zerstörungswerks zwar mit der Nostalgie des Relikts behaftet, vollzieht sich noch, wie eine stille Auflehnung, nach dem Muster solch ungeschriebener Gesetze: Blicke und Gesten, in denen die natürlichen Energien und Rhythmen verborgen, doch spürbar fortwirken, rufen im Gegenüber die vertraute, tief *menschliche* Reaktion wach oder bieten jedenfalls Anlass und Möglichkeit dafür, und so greifen die Mechanismen des täglichen Ablaufs gleichsam durch unsichtbare Hand ineinander, um ein Geflecht notwendiger Interaktionen zu weben, das einen anderswo längst verlorenen Gemeinsinn stiftet, weil das Wort, wie auch die Tat, weiterhin gilt ... Aber kein Grund, sich Illusionen hinzugeben: Die Megalopolen mit ihrem dröhnenden Gewimmel und unwiderstehlichen Schein, ihrer der Effizienz verschriebenen Profanität und entwürdigenden Anonymität diktieren überall auf dem Globus eine ganz andere Art des Zusammenseins, das eigentlich keines mehr ist ... Dennoch, als wäre der Ort eine der letzten Bastionen frühzeitlicher, unleugbar realer Erfahrung und Begegnung: Hier, in dieser von der Macht des Vulkans begrenzten, durchdrungenen und überstiegenen Ordnung, dieser Ruhe, regelmäßig unterbrochen von Achtung gebietendem Donner und klärendem Regen, dieser Einfachheit, zum Herbst umweht vom würzigen Rauch der auf nahen Feldern entzündeten Feuer, im Frühjahr von den bald besänftigenden, bald aufputschenden Düften der Mimose und des Ginsters, der Vanille und des Zimts, liegt eine der Keimzellen für ein künftiges, an elementaren Größen ausgerichtetes Dasein – für ein einziges *Ja* inmitten unbändiger Verneinung.

* * *

Im Garten erblüht, wie geschehen über Nacht, der erste Apfelbaum; dem hervorgebrochenen Weiß antwortet noch, um seine Kristalle daran widerzuspiegeln, der von schwarzen Adern durchzogene Schnee auf den Halden zerriebener Lava, während hoch oben das bleiche Gemisch aus Wolken und Rauch sich ballt, jäh innehält. Drei Ebenen, unbewegt, vereint dank gleichen Farbtons, kleiner Kosmos, sich selbst treu ... Ein Sonnenblitz erschüttert den Raum, bahnt sich den Weg ins Herz, dort sind dürstende, hungrige Gegenden. Der euphorische Frühling naht, was für ein Versprechen: Alles, alles wird auferstehen. Ich trinke Licht, esse Luft, bin. Und erkenne wieder den Wassertropfen, der glitzernd verdunstet, ahne die kommende Fülle, weiß den Stern an der Himmelsstelle, die er, wie seit eh und je, heute Abend einnehmen wird.

* * *

Allein in großer Natur drängt sich das Wort noch auf als unabweisbare Notwendigkeit und mit rigoroser

Ausschließlichkeit. Abseits davon irrt es so oft, verliert sich – eine Hülle, ihres Kerns beraubt, die vergeblich nach ihm sucht.

* * *

... hoch auf himmlischem Ätna auf bergiger See / gedeiht scheinbar noch immer / fern wie eine einsame Seele // die Mandel der Welt ... (Odysseas Elytis)

* * *

Über der dämmernden Erde steht reglos die Sichel des Mondes, ich sehe sie und sie sieht mich. Die Augen des Raumes sind überall, wandern umher, wählen sich einen Körper, aus dem sie Licht senden, in den sie Licht leiten, damit er hier sei, in der Gegenwart, die nie endet, nie beginnt, immer Dauer ist, Fluten, *ein* Sein, dem all dies, ob fern oder nah, früher oder später, in wirklicher oder möglicher Gestalt angehört.

VIII

Nachts schlage ich am Rifugio Sapienza die Richtung zur fließenden, unablässig Welt wiedererschaffenden Lava ein, um spiegelnden Augs allein ihr gegenüberzutreten auf der Ebene, wo sie entspringt. Beim Aufstieg unter wolkenlosem Himmel, kristallinen Konstellationen, ringsher stürzenden Meteoren, abnehmendem Mond, hell genug, die Schritte in Schimmer zu tauchen und zu lenken, triumphiert die befreiende Erfahrung, allmählich in Raum aufgelöst, immer unsichtbarer zu werden, während die städtischen Lichter tief unten verschwimmen. Je höher der Pfad sich windet, vorbei an Kiefern und Ginster, desto spärlicher wird die Vegetation, bis nur noch der *astràgalo*, jenes am Ätna beheimatete Gewächs – eine seiner unverwechselbaren Schöpfungen, etymologisch und durch die strahlenförmig angeordneten Stacheln morphologisch den Sternen verwandt – Duft verströmt, in Nuancen dem der heilsamen Kamille ähnlich, und ein endloser schwarzsandiger Teppich sich ausbreitet. Hier oben weht reinste, ja ätherische Luft, niemals geatmet, Atmosphäre vor jeder Manifestation. Über der Montagnola, einem der erloschenen Vulkankegel, schwebt der rötlich leuchtende Halo, Verheißung, die anzieht und vorwärtstreibt … Dann, vom Rand der Valle del Bove, erkenne ich sie, die beiden das Dunkel durchziehenden

Magmaspuren, Vertraute, wiedergekehrt, Leben, das strömen und im Kreis sich schließen muss. Aus absoluter Stille dringt ihr leises Geräusch, als bröckelte Gestein, als rieben Eisschollen aneinander, darin hörbar wird das Zerbrechliche, das alles Gewordene kennzeichnet, das Unausweichliche, dem es zustrebt, aber auch die chthonische Macht, die ihm Gestalt verleiht und Ort in flüchtiger Gegenwart, es einbindet in ihren Lauf durch die Zeiten ... Die Glut erweckt, was im Innern sich ergänzt, Demut und Stolz, am natürlichen Ursprung begriffen: Das Ich, schwindendes Nichts, aus ihr hervorgegangen, ist ihr bedingungslos unterworfen; sie, funkelnde Botschaft der Erde, besteht verwandelt in ihm fort, erste, fast unsterbliche Substanz und Potenz im ganz und gar Sterblichen ... Dieses Wissen – unumstößliche Gewissheit, nährende Ahnung, bleibende Erinnerung – trage ich mit mir beim schwerelosen Abstieg durch die Kälte, abgewiesen vom noch glühenden Körper, hinunter in wärmere Zonen, wo schließlich eine dritte Empfindung mich erfüllt, der unaussprechliche Dank.

* * *

Später, aus der Ferne, formen die zwei sich schneidenden Lavaflüsse ein Dreieck, dessen Spitze nach unten zeigt, und was sonst könnte ich darin erblicken als das zum weiblichen Geschlecht verdichtete Inbild der Großen Mutter, mir mit auf den Weg gegeben – eingedenk dessen, dass der Ätna im eruptiven Verströmen männliches und weibliches Prinzip exemplarisch vereint: hermaphroditisches, vollkommenes Wesen, dem jede Zeugung zugleich eine Empfängnis ist in sich selbst befruchtender Erde.

* * *

Zu schöpfen ist ein schwerer, langwieriger Akt, aber nicht zu schöpfen unmöglich. Dieses Bewusstsein liegt dem Vulkan – Geburt der Erde, ihrerseits Geburt des Alls – seit jeher zugrunde. Es ist uns Gleichnis, Gebot, Gewähr.

* * *

Die Erde ist, äußerst verkürzt ausgedrückt, das Ergebnis einer Supernova, deren Druckwelle vor gut viereinhalb Milliarden Jahren eine Molekülwolke im interstellaren Raum derart zusammenpresste, dass sie einstürzte und infolge unerhörter Anziehungskräfte zur Entstehung von Sternen führte, unter denen sich unsere Sonne befand. Da jenes Dunstgemisch bestimmte Mengen schwerer Elemente enthielt, konnten sich, nachdem das Gestirn genügend abgekühlt war, in seinem wirbelnden Umkreis aus stofflichen Ballungen, die mit kleineren Brocken zusammenstießen und dadurch stetig anwuchsen, einzelne steinige Planeten bilden, so auch diese *Terra*, Kern aus Glut, Hülle aus Fels und Wasser. Anders gewendet: Ihre und unsere Existenz geht zurück auf kosmische Katastrophen, den Tod alter erloschener Sonnen. Wir sind – im protogenetischen Sinne – Kinder aus deren Asche, Wiederverkörperungen eines unaufhörlich im All zirkulierenden und sich regenerierenden Partikelstroms. Kein anderer als er bildet unser tiefstes, wahres Selbst.

* * *

Im Weltraum gibt es nichts, das nicht ebenso auf der Erde, unter ihren lebendigen oder vermeintlich leblosen Wesenheiten und insbesondere beim Menschen mitsamt seinen Ideen, Regungen und Taten als Gesetz, Struktur und Prozess, den hiesigen Maßstäben angepasst, zur Wirkung und Erscheinung kommen würde, denn es gilt das Prinzip völliger Durchgängigkeit. Alle Teile partizipieren am Ganzen, das deren Summe maßlos übersteigt.

* * *

Jeder Körper im All birgt so viel großartiges Geheimnis, dass schon sein bloßer, durch die hellsichtigen Augen der Teleskope und Sonden ermöglichter Anblick uns überwältigen, befreien und heben, mit Achtung, ja Ehrfurcht erfüllen müsste. Gas und Staub und Licht – das ist die neue und doch seit jeher bestehende kosmische Trinität, vor den vielfältigen Gestalten und Namen, die der Mensch im Laufe der Epochen seinen personifizierten Göttern zugeschrieben hat. Aus jenen anfänglichen, gleichbleibendem wie ruhelosem Kreislauf folgenden Elementen und Energien entsteht, in ihnen vergeht schlichtweg alles.

* * *

Die Entwicklung des Alls im Ganzen ähnelt, schematisch dargestellt, einem V-förmigen Trinkgefäß. Dessen Stiel tauchte aus dem sogenannten Urknall empor, dann trieb der sich bildende Raum die Wände immer weiter auseinander – bis zu jener zeitlichen Ebene vor etwa fünf Milliarden Jahren, als die Dunkle Energie über die bislang beherrschende Gravitation triumphierte mit der Folge, dass sich das Universum fortan umso schneller ausdehnte. Seither zieht diese kosmische Urkraft all die im schwarzen Medium aufkeimenden, reifenden und sterbenden Galaxien förmlich dem Endlosen entgegen: Das Gefäß wird unermesslich groß. Demnach nähert sich sein Umriss mehr und mehr einer horizontalen Linie an, um irgendwann vielleicht, wenn sämtliche Sonnen ausgebrannt sind, mit dieser dunklen Geraden, dem Schweigen, dem Nullzustand zusammenzufallen. Die absolute Fülle verwandelt sich dann in absolute Leere, die ihr offenbar von Anfang an vorbestimmt war. Doch die Leere, der ihrerseits das vibrierende Potenzial kommender Fülle eingeprägt ist, wird erneut sich regen, aus sich einen Funken entfachen und erste Form annehmen ... Es gibt kein Innehalten, weder im Makro- noch im Mikrokosmos, keinen letzten Ruhepunkt, nur das nie verstummende Begehren nach abermaliger Verdichtung, Gestaltung, Entfaltung noch inmitten des Erlöschens.

* * *

Das Manifeste in seiner Reichhaltigkeit existiert einzig und allein durch den allumfassenden Raum, der es aus sich hervorgebracht hat und nach zubemessener Zeitspanne wieder in sich zurücknimmt. Dem Wesen nach ist er jedoch lediglich eine Vergegenwärtigung der unerschöpflichen, extrem aufgeladenen Leere selbst.

* * *

Nichts im All bleibt stehen. Jeder Körper, ob Planet oder Mond oder Asteroid, kreist sowohl um sich selbst wie um einen Glutball aus Gas und Gravitation. Noch was in unseren Augen als Fixstern, Konstellation oder unbewegter Sternhaufen erscheint, umläuft ein abertausend Lichtjahre entferntes, gleißend gewölbtes galaktisches Zentrum, darin die schwärzeste und monströseste, alles verschlingende und nichts mehr abgebende Nacht eines Lochs herrscht. So löst dieser Zyklus jenen ab: Inbegriff des Wandels durch dauernde Wiederkehr, die doch nie das Gleiche zurückbringt. Kein Verharren, nicht für den Bruchteil einer Sekunde, keine Erstarrung oder gar Auflösung, infolge deren die Materie und die ihr immanente Energie zunichte würden. Demgemäß verhält es sich auch, verkleinert man den Blickwinkel um ein ebenso Vielfaches, mit dem verschwindend geringen Individuum auf der Erde und seinen aufeinander folgenden Lebenszyklen wie mit der Geschichte, die es von einer Epoche zur nächsten fortschreibt – aus den Hinterlassenschaften lebendiger Vergangenheit auf die stets empfindlichen Tafeln ungewisser Zukunft: die kontinuierliche, sich zu je anderen Kreisen schließende Kette des schöpferischen und zerstörerischen Bewusstseins.

* * *

Anscheinend sind Schwarze Löcher bald nach Beginn des Alls entstanden, simultan mit Sternen und Galaxien. Zwar hat zuvor die Materie, um ein einziges Teilchen in der Überzahl, die Antimaterie überwunden (vergleichbar dem babylonischen Mythos, demzufolge der oberste Gott Marduk die finstere Urschlange Tiamat besiegte, um aus deren Teilen die Welt zu erschaffen) und damit das ringsum ausströmende Licht freigesetzt, doch seitdem trägt die Schöpfung ihre Gegenschöpfung in sich: die unablässige Auslöschung des einmal Gewordenen, vollbracht im Brennpunkt vieler Galaxien, der die an der nahen Peripherie kreisenden Gebilde anzieht, entlichtet, vertilgt, um das Helle in Dunkel zu tauchen und zwischen beiden ein fließendes Gleichgewicht herzustellen (wie es auf so gültige Weise im chinesischen Yin-Yang-Symbol zur Anschauung kommt, wobei das eine Urprinzip den Keim seines Gegensatzes enthält, zu dem es sich dann aufgrund unaufhaltsamen innerweltlichen Ablaufs entwickelt) ... Ist das nicht ein sinnfälliges, zugleich sehr reales Gleichnis unserer irdischen Existenz wie auch jeder geschichtlichen Epoche, die im Kern ihren eigenen Untergang mit einbegreift? Tragen nicht wir alle jenen schattenhaften

Fleck im Herzen, gegen den anzukämpfen uns hier die Kraft zum Leben verleiht, der schließlich aber obsiegen und sich uns wie all unser Werk einverleiben wird?

* * *

Der Kollaps einer interstellaren Wolke infolge gewaltiger Schwerkräfte, der die Geburt eines neuen Sterns einleitet, hat ebenfalls seine Entsprechung auf der existenziellen Ebene des Menschen: Die Dunkelheit, die er wiederkehrend bis zur Neige, zu Überdruss und Verzweiflung durchlebt, zieht sich im Innern so lange zusammen, bis der Druck derart ansteigt und den höchsten Grad der Unerträglichkeit erreicht, dass daraus schließlich ein erster Lichtstrahl hervorgepresst wird – Fanal, mit dem eine bisher unvorstellbare, von Überwindung und Neubeginn kündende Phase anbricht ... Enorme Energien sind vonnöten, müssen verbrannt, umgewandelt werden, um gegenpolare Kraft zu erzeugen.

* * *

Die Sprache der Astrophysiker ist durch ihre veranschaulichende Begrifflichkeit kaum mehr als eine Lichtsekunde vom Poetischen entfernt, wenn etwa winzige Schwankungen in der anfänglichen Materiedichte des Alls als »Saatkörner« für künftige Galaxien aufgefasst werden oder die Dunkle Materie gleich einem »Skelett« erscheint, an das lichte Materie sich anlagert. In ähnlicher Weise schmiegen sich Wörter an unsichtbare Versstrukturen jenseits der sichtbaren an, nimmt eine feine, energiegeladene innere Schwingung das Gedicht vorweg.

* * *

Die täglich sich vermehrenden astronomischen Einblicke und astrophysikalischen Erkenntnisse prägen in steigendem Grad den Zustand menschlichen Bewusstseins, dehnen es immer weiter aus und geben so entscheidende Parameter in einem neu zu formulierenden Weltbild vor. Infolgedessen wecken sie in uns die Sehnsucht nach Aufstieg zu einer Wahrheit und Schönheit, die sich der Vorstellungskraft bemächtigen und zugleich entziehen, jedenfalls verlässliche Orientierungspunkte für das Leben auf der Erde bieten, das nun nicht mehr, wie seit Anbruch der Neuzeit geschehen, auf rein materialistische und utilitaristische Zwecke herabgewürdigt werden kann.

* * *

Wir müssen wieder zu Gefäßen werden für das Unermessliche: Raum und Licht und Atem, um über die Grenzen unseres Denkens und Fühlens hinaus das Leben auf der Erde abermals einzubinden in das überirdische Kontinuum, was für die alten Kulturen selbstverständlich, ja lebensnotwendig war.

* * *

Würden wir unser Endlichsein durchfluten mit der Idee des Unendlichen und das Leben an ihr ausrichten, wäre die

Erde eine friedlichere Stätte – zwischen Ich und Ich, Volk und Volk, Nation und Nation. Denn was grenzenlos ist, öffnet uns, macht uns von selbst empfänglicher, gelassener, weitherziger – und wissender um die uns gesetzten Grenzen, innerhalb deren ein jeder den mit der Geburt erteilten, immer ungewissen, doch ureigenen Auftrag zu erfüllen hat.

* * *

Hiesige, auf unumschränkte Gültigkeit zielende Überzeugungen – etwa jene der frühen Neuzeit nach Galileis Diktum: *Man muss messen, was messbar ist, und was nicht messbar ist, messbar machen*, oder aufgrund der cartesianischen Formel *Cogito ergo sum* –, die stets der Kritik, dem Aufruhr durch gegenteilige Überzeugungen unterliegen, womit wieder und wieder Unheil heraufbeschworen wird, verblassen im lichten, einzig gewissen Strahl kosmischer Gesetzmäßigkeiten. Was läge demnach näher, als sich auf diese zu besinnen und ihnen in Denken und Handeln gerecht zu werden? Im Namen des Universums lassen sich keine Geltungs- oder Besitzansprüche erheben noch Glaubenskriege erklären.

* * *

Will jemand über die irdische Natur sprechen und sie gegen die Übergriffe des Menschen schützen, muss er sich zuerst in den Weltraum, seine Energien und Prozesse, seine Geschichte und Zukunft vertiefen. Denn dieser ist der Schoß der Erde und dereinst zugleich ihr Grab.

* * *

Wer sich mit Sternen beschäftigt, kommt der Transzendenz sehr nah. Er übersteigt sich selbst, ja die gesamte Natur und gibt sich dem kosmischen Strom unaufhörlichen Werdens und Vergehens hin. Dadurch sieht und empfindet er sich als Teil eines umfassenden Ganzen, erkennt er seinen wahren Ort im All. Die üblichen Trennungen und Teilungen schwinden dahin, und es entsteht das Gefühl tiefer Übereinstimmung mit den prangenden Erscheinungen und deren inhärenten Abläufen. Der Mensch versöhnt sich wieder mit seinem Ursprung, mit dem, was *wirklich* ist, was ihn unendlich übersteigt.

* * *

Am Abendhimmel über dem Ätna entdecke ich ihn; zunächst sein angedeutetes Haupt, dahinter das geschwungene Schwert, davor den gebogenen Schild, an den Schultern Beteigeuze und Bellatrix, um die Hüfte die drei Gürtelsterne, dann den linken Fuß mit Rigel, den rechten mit Saiph – und schließlich, unterhalb des Geschlechts, milchig schimmernd, die äußerlich unbewegte Wolke, dies wimmelnde Nest jüngster Sonnen, zum Teil gerade erst, vor einer Million Jahren, wie aus dem Nichts geboren, Schöpfung unaufhörlich fortsetzend: Orion. Sein Funkeln durchströmt mich, ruft mich hinauf, und ich bin nur mehr Vergessen meiner selbst, Vergessen alles Diesseitigen, um aufzugehen in ihm. Von dorther kann ich meiner – und der Erde – endlich gewahr werden, als geschähe es zum ersten oder zum letzten Mal.

* * *

In der Konstellation Orion einen Jäger gleichen Namens mit seinen charakteristischen Attributen zu sehen, zeugt von imponierender Einbildungskraft. Die Mythen der Erde wurden auf den Himmel projiziert, und dies bedeutete nicht weniger als die Anerkenntnis ihres göttlichen Ursprungs, den Beweis für ihre unumschränkte Gültigkeit, die Fügsamkeit des Menschen gegenüber ihrer Macht. Die Heutigen würden dort bestenfalls geometrische Muster wahrnehmen, eine gedachte Linie, ein schemenhaftes Dreieck, vielleicht noch ein verzerrtes Trapez ... Mit den Glaubenssätzen der Neuzeit geschlagen, sind sie Rationalisten und Empiristen, die sich allein für den Aufbau der Physis und deren kalkulierbare Wechselwirkungen interessieren, aber dem Imaginären, darin das Metaphysische zu dem ihm angestammten Recht kommt, keine Beachtung mehr schenken.

* * *

Das Universum ist der größte existierende Gegenstand, in den noch kein Lyriker eingedrungen ist. Er muss es jetzt tun, will er sich und die anderen hinausheben über das nackte, an greifbare Tatsachen geklammerte Dasein. Das Universum nimmt fortan jene Stelle ein, die ehemals der Gott besetzte, und verlangt danach, mit den paradoxen

Formeln nüchterner Ekstase, ekstatischer Nüchernheit besprochen zu werden. Mit anderen Worten: Alle bisherigen Nacht- und Sterngedichte endeten am sichtbaren Firmament. Angesichts der jetzt verfügbaren Kenntnisse und Bilder vom Raum dahinter vermag die Poesie – im Gefolge von Astronomie, Astrophysik und Astronautik – mit den ihr eigenen Mitteln ins Unsichtbare vorzustoßen.

* * *

Sobald ich, auf den Spuren des sphärischen Gedichts, einzutreten versuche in siderische Räume, löse ich mich auf: gelebte Momente der Nicht-Existenz ... Dabei steht mir weder mehr noch weniger Material zur Verfügung als bei einem Ding oder Ereignis, das zwar der unmittelbaren Anschauung und Erfahrung unterliegt, doch im Grunde – gleich mir selbst, denn was weiß ich schon von den äußerst komplexen physiologischen und kognitiven Vorgängen in meinem Innern, kulminierend in der Illusion des »Ich« – ebenfalls ein immer Verborgenes ist. Daher kann Dichtung außerplanetarische, sogar außergalaktische Phänomene genauso behandeln wie irdische.

* * *

Auch die Poesie ist eine kleine Galaxie, die im Raum treibt, ihre irisierenden Lichter verstrahlt durch das Dunkel rings, in sich ruhend, den eigenen Gesetzen treu, enthoben bloßer Reflexion und Emotion, die ihr lediglich früher

Brennstoff waren, getragen nun, wie jeder Körper im All, allein von der Leere, nichts als wortgewordene Idee.

* * *

Im Augenblick, da das Gedicht entsteht, um auf seine Weise an der Schöpfung teilzuhaben, bin ich weder Denkender noch Fühlender, sondern Wort, welches durch das Gewebe der Buchstaben hindurch den Zusammenklang erstrebt mit dem Gegenstand, der seinerseits Wort ist. In dieser Korrespondenz äußert sich die energieträchtige, unfehlbare Resonanz der Sprache, dank deren Ich und Nicht-Ich eng ineinander verknüpft sind. Die Welt ist ein einziger fortlaufender, codierter und mit sinnhaltigen Signaturen versehener Text – milliardenfach geschichtet und abgestuft, aber in wesentlichen Teilen lesbar.

* * *

Das Gedicht jedoch ist nicht in den Worten. Wer es dort sucht, wird es kaum finden. Es lebt dahinter, darüber, darunter: im Jenseits des Raumes, wo Sinn und Vorstellung nur durch hellsichtige Ahnung hingelangen.

* * *

Und zu diesem Zweck hält sich der Dichter wie leer, immer bereit. Seine Seele ist einem weiten, offenen, verlassenen Raum ähnlich. Denn es gibt Präsenzen, die nicht herabsteigen und sich dort niederlassen können, wo schon andere weilen. Verlassen, leer, denn nur wenn diese Präsenz kommt, kommen mit ihr alle übrigen; allein mit ihrer Fülle und ihrem Licht erhalten alle Dinge Körper und Sinn ... Deshalb auch das Flimmern, das jedes wahrhaftige Gedicht umgibt und die grenzenlose Perspektive, die wie ein Kometenschweif jedes Gedicht begleitet und uns in seinen Bann schlägt. Und der offene Raum, der alle Gedichte umgibt. (María Zambrano)

* * *

Alles spiegelt sich an allem, verwandelt sich in alles. Die vermeintlich opake Materie, durchlässig geworden für die ihr innewohnende geistige Essenz, ist Schwingung und Widerhall von Schwingungen, eingefügt in die fluktuierende Energie, den pulsierenden Rhythmus des Raumes. Allein er erzeugt die Textur der Dichtung, die Gegenstand und Ereignis nicht wie bisher punktuell, linear, lokal abbildet, sondern in ihren mehrdimensionalen, zyklischen, universellen Bezügen, in ihrer Eigenschaft, Impulse von überallher aufzunehmen und überallhin auszusenden. Ein Organismus aus Worten, Inbegriff der Simultaneität, da er Vergangenes und Künftiges zum dauernden, extrem aufgeladenen Augenblick verschmilzt, Modell der Totalität, da er durch einen Funken galaktischen Lichts das Leben auf dem Globus noch in der Finsternis zerstreuter Bruchstücke zu erhellen und zu erwecken vermag. Eine Sphäre, deren Silben, irdischen wie siderischen Klängen verwandt, von Gleichgewicht, Maß, Ordnung inmitten des Chaos künden – davon, dass der ersehnte Akt der Transzendenz sich vollzogen hat.

* * *

Die Glieder eines Gedichts sind multirelational, das heißt, sie gehen nicht nur unmittelbar auseinander hervor, sondern bleiben auch mittelbar über den Abstand zwischen mehreren Versen oder Strophen miteinander verbunden – gleich den Körpern im sich ausdehnenden Raum. Die Anschlüsse sind überall, wie im Universum, in der Natur, im Leben selbst: Ein endlos weit gespanntes, unüberschaubares, magisches Netz, poetisches Inbild der Komplexität.

* * *

Die Wirklichkeit ist das Fließende, ständig sich Verändernde, Unbegreifliche. Die Dichtung aber hat die Vorstellung davon größtenteils verloren, ihre seherischen Augen eingetauscht gegen ein einsames Auge, das die Welt durch Spalten wahrnimmt und trümmerhaft wiedergibt, in Segmenten einer sonderbar unbewegten, gleichförmigen, fassbaren Realität. So verinnerlichte sie, allzu bedenkenlos dem Sog der Zeit folgend, die reduktionistische Betrachtungsweise der späten Moderne, verlieh ihr weiteren Ausdruck – und damit im Grunde auch Geltung.

* * *

Aus der Form heutiger Dichtung sind Rhythmus und Kadenz, sonorer Klang und weit ausgreifendes Bild überwiegend verschwunden – und parallel dazu, in verhängnisvoll kausalem Zusammenhang, aus ihrem Inhalt die natürlichen Grundelemente, die solch strukturstiftende poetische Prinzipien einschließen und bedingen. Es gibt dort weder Erde noch Wasser, weder Feuer noch Luft in unverfälschter Gestalt, roher oder besänftigender Gewalt, und der Weltraum, dem jene letztlich entstammen, hat fast aufgehört zu existieren – ein Paradox in Anbetracht des darüber vorhandenen, stetig anwachsenden Wissens. Wie könnte sie überdauern, wenn ihr der Verzicht auf das Lebendige an sich zum Hauptkriterium geworden ist? Dies erscheint umso unverständlicher, als schon sämtliche vitalen Prozesse im Körper, zumal die des Herzens, wie auch in den geistigen Vollzügen genau geregelten Rhythmen unterliegen, die sie steuern und aufeinander abstimmen, fördern und erhalten, um permanent Austausch und Übergang zwischen den funktionalen Einheiten, ihren je eigenen Wirkungsfeldern zu gewährleisten und damit den Fortbestand des Gewesenen im Künftigen. Nichts erlangt und behauptet Sein ohne Rhythmus, aus welchem wie von selbst Kadenz, Klang und Bild hervorgehen.

* * *

Da der gegenwärtige westliche Lyriker in der vorgeblichen Geborgenheit einer übersättigten, andauernd auf sofortige Befriedigung drängenden Zivilisation zumeist jener abgründigen existenziellen Dimension ermangelt, wie sie in nicht allzu ferner Vergangenheit noch Leben und Werk etwa von Hikmet oder Ritsos, Char oder Celan kennzeichnete, bleibt ihm am Ende nur die Öffnung auf den natürlichen und den übernatürlichen Raum, wo nach wie vor das Unerklärliche im Zeichen des Mysteriums sich ereignet. Möge es von nun an seine Einbildungskraft nähren, erleuchten, emportragen.

* * *

Hier und jetzt ein Ich erschaffen, zuerst im Gedicht, dann im Leben selbst, dessen höchster, vorgestellter Dom oder Tempel das Universum ist.

* * *

Ja, zum Anbruch des dritten Jahrtausends eine taufrische, zugleich aus älteren Schichten gespeiste Dichtung entwerfen, aufrecht und unbeirrbar, im Irdischen verwurzelt und klaffend offen für das von überallher einschießende Überirdische: eine *poésie terrastrale*. In diesem Nomen-Adjektiv-Kompositum schwingt wie in einem Flüstern aus tief gehöhltem Grund zugleich der Anklang nach an *mère ancestrale*, die unvordenkliche Mutter, den Urschoß der Erde, der sich im Wissen um seine Herkunft aus den Sternen deren Ordnungen, Vorgängen, Einflüssen rückhaltlos hingibt.

* * *

Künftige Dichtung wird gänzlich anders beschaffen sein als jene des vergangenen Jahrhunderts, die in erster Linie auf der Defigurierung und Destruktion überkommener Formen und Werte gründete. Sie wird die Vorstellung, der

Avantgardismus im Gefolge des zum Mythos verklärten zivilisatorischen Fortschritts und seines unersättlichen Strebens nach dem Novum habe ununterbrochen weiterzugehen, als anachronistisch entlarven und nicht mehr wie dieser auf Missachtung, Verdrängung, Zertrennung elementarer Kräfte gründen, sondern zuerst auf *Bewahrung* – Bewahrung dessen, was uns überhaupt atmen, sehen, auf der Erde leben lässt ... Also gilt es, nach besten Kräften zu denken, zu empfinden, zu schreiben für die Epoche nach der unseren.

* * *

Regelmäßig einen hohen Hügel, den Rand eines längst erloschenen oder gerade entstandenen Kraters, ein Felsmassiv über gepeitschtem Meer ersteigen – das scheint, zumal jetzt, die unabdingbare Voraussetzung für die Arbeit am Gedicht. So kann es, weil damit auch jener schwebende Ort im Innern errungen wurde, der den weit gefächerten Blick von oben, aus der Ferne erst gestattet, das notwendige Gegengewicht bilden zu der Welt, wie sie ist. Aber wem würde dies inmitten allgemeiner Nivellierung und Indifferenz noch bewusst? Wer ließe sich von solchem Gedanken leiten, um gleichzeitig verzehrendes Diesseits und lösendes Jenseits zu bewohnen?

* * *

Schweigen, insbesondere das des Alls, ist tief und wunderbar, die größte, niemals geschriebene Musik. Viel muss geschehen, es zu brechen und auch nur ein Wort zu setzen. Dieses entrungene Wort wird dann bis in den Kern von Schweigen erfüllt sein, es anerkennen als eigenen Ursprung und letztes Ziel. Andernfalls fehlt ihm die Grundlage – oder sollte man inmitten rasch fortschreitenden Sprachzerfalls nicht sagen: das Recht –, zum Ausdruck zu kommen.

* * *

Wieder lausche ich auf der Mauer oberhalb des Dorfes den abendlichen Schlägen der Glocke, als sei ich hier, um dies und nichts als dies zu tun. Wieder wird der zeitliche Abstand zwischen ihnen immer größer, bis sich zwischen sechster und siebter Stunde eine kleine Ewigkeit ausbreitet. Der Fortgang ist unterbrochen; doch anders als früher erinnert sein Stocken nun unwiderruflich daran, dass wir zugleich in einer nicht chronometrischen, einer allgegenwärtigen und allumfassenden Zeit leben. Durch diese Vorstellung besänftigt, schlägt auch mein Herz langsamer, ruht in sich, insgeheim verwoben mit dem pochenden Organ der Welt.

* * *

Unter dem Nachthimmel, funkelndes, hier vom Großen Wagen durchquertes, dort von Orion beherrschtes Gewölbe, alles umhüllende Gebärmutter, dich und deinesgleichen noch im tiefsten Zwiespalt bergend, spricht jetzt die innere Stimme jene durch Glut gezogenen Worte, die eine schier vorgeburtliche Unerschütterlichkeit und Sanftmut dir zurückrufen: »N'aie pas peur, les étoiles sont avec nous.«

* * *

Wie gut, dass es die Sterne gibt. Ganz gleich, was wir durchleiden und vermissen, was uns erschüttert und umzubringen droht – sie bleiben: eine allerletzte Zuflucht, in der wir, solange die an unsichtbarem Faden herabbrennende Zeit es bewilligt, des Nachts einkehren können, als wären wir ganz bei uns und daheim.

* * *

Umkreist von leisen Vogelrufen, den einzigen Stimmen zur Nacht, höre und sehe ich mich tiefer hinein in das natürliche Zusammenspiel: nah die flatternden Wesen über unbewegter Vegetation, fern das weithin glitzernde Meer und darüber der mit Sternen bestückte, höher gewölbte Himmel; all dies inmitten fast durchgängiger Lautlosigkeit aufeinander hingeordnet, abgestimmt, um auf schmalem Grat in der Balance zu bleiben, und ihr entsprechend, wie organisch eingefügt, die Bauten und Lichter der Menschen ... Dieses Bild, dieser Eindruck sei fortan meine stumme Offenbarung, jeglichem Zweifel enthoben, unvergesslich, innen erwidert durch eine jäh aufsteigende, wortlose Bejahung – ursprüngliches Einverständnis aus dem Wissen jenseits des Wissens, getragen nur von der vollkommenen Schwingung am Grunde dessen, was ist.

* * *

Im erleuchteten Haus dann, um das der Sturm tobt, fällt mein Blick ein letztes Mal auf das fotografische Porträt des buddhistischen Mönchs und Keramikers, das mich stets begleitet hat wie ein Talisman. In schwarzem Gewand, den Kopf zur Seite geneigt, die Augen fast geschlossen, gleichmütig und bar jeden Stolzes, ganz in der Gegenwart, aus der schon ein Atemzug ihn befreit, legt er die Finger in die Öffnung des geschaffenen Werks: ein mächtiges, nacht- und meerblau schimmerndes, kugeliges Gefäß, mit unregelmäßigen konzentrischen Streifen gemustert, an manchen Stellen von Vertiefungen gezeichnet, Rissen oder Narben, die der Brennvorgang stellvertretend für die verzehrende Glut des Daseins hinterlassen hat. Der Lehm, darin die Hände blindlings den unterschiedlichen Materien, unaufhörlichen Veränderungen der Erde nachspürten, mit dem er tastend sich verständigte, um dessen innere Kraft zu offenbaren und aufleben zu lassen, hierbei immer genauer sich selbst sehend, ohne zu sehen, und derart seinen vorgegebenen Weg fortsetzend, hat endgültige Form angenommen: eine Sphäre, irdene Manifestation des Alls, geglückter Einklang zwischen zwei Wesenheiten, einander zugetan, unauflöslich verbunden.

* * *

Daneben erhellt der Schein der Lampe die aufgeschlagene Seite des *Tao te king*, Urbuch der Menschheit, zeitlose

Textur inmitten reißender Zeitlichkeit, reine Essenz, aus östlichem Licht geschöpft, während hier im Westen das Licht verdämmert: *Der Mensch hat die Erde zum Vorbild. / Die Erde hat den Himmel zum Vorbild. / Der Himmel hat den SINN zum Vorbild.*

* * *

Nichts jetzt als das Funkeln der tausend Lichter unten, oben, ihr unhörbares Rauschen draußen und drinnen … Jetzt nur noch, überall, die Stille selbst, erfüllt.

* * *

Anderntags der Aufbruch. Wie zum Abschied schickt der Himmel, obwohl nur leicht bewölkt, oder auch der Ätna, um sich zu entladen und aufs Neue Atem zu holen, ein kurzes, doch den Raum einnehmendes, die Aufmerksamkeit bannendes Donnern, das vielleicht niemand hört, niemandem sonst gilt. Ich empfange es. Der Augenblick hält inne, kann nicht vergehen, die Dinge stehen still. Das tiefe Geräusch enthält alles, was hier war, später dort werden mag: Erinnerung an die Sphäre, Aufruf aus der Erde, Botschaft für den Gang ins Ungewisse.

Sant' Alfio, November 2016

Das Universale Gedicht
Lyrik im Zeitalter der Globalität

Wir gehören zu den ersten Menschen, die die Erde aus dem Weltall sehen. Eins mit dem Auge des Satelliten oder Raumschiffs schwebt unser Auge, wie jenseits des Körpers, wie schwerelos, in einer hypnotisch langsamen Bewegung, die der Geschwindigkeit von annähernd dreißigtausend Kilometern pro Stunde entspricht, über die Oberfläche des Planeten. In vollkommener, auf ihm nie erfahrbarer Stille, rings um sich die tiefste, mit Sternen besäte Schwärze, überfliegt es minutenschnell Kontinente, wo Nacht und Tag, häufig von Blitzen durchzuckt, einander ablösen, passiert es immer wieder den Terminator, jene helldunkle Grenzlinie der Dämmerung zwischen sonnenabgewandter und sonnenzugewandter Seite, um hier dem schwindenden Licht des Abends, dort dem erscheinenden Licht eines nächsten Morgens beizuwohnen.

War das Auge eben noch versunken in jenes unerwartete, die Finsternis teilende Band aus Regenbogenfarben, das seinerseits plötzlich durchschnitten wurde von der hervorbrechenden Aureole der Sonne, auf dass die eine Hälfte des Globus abermals erwache, so ist es nun, unterwegs zwischen Südamerika und Afrika, geblendet vom Frühschimmer des Staubs, der aus der Sahara über den Atlantik weht. Doch es kann nicht innehalten, das änigmatische Schauspiel erprobt an ihm die andere, physikalisch nicht messbare Anziehungskraft, die der Schönheit. Gefügig den Farben und Schattierungen ergibt sich das Auge dem Anblick der Wolken, zunächst nachtblau, feuerumrandet, bedrohlich, kurz darauf fast sanftmütig, aufgeklart, königsblau, später in Grau übergehend, Zellen bildend, geballte Strukturen oder auch verstreute Flocken, riesigen Schafherden vergleichbar, schließlich zu weißen langgezogenen Schleiern gewunden, die bald überm Indischen Ozean, bald überm Pazifik in den Sog eines übermächtigen Wirbels geraten, in dessen Auge der Taifun regungslos verharrt.

So schießt unser Auge hinab, trifft auf oliv oder bräunlich aufragende Gebirgsketten – schuppige Häute von Reptilien oder extrem vergrößerte tierische Fossilien –, die Gipfel manchmal mit Farnen aus Schnee bedeckt, unten dann, am Boden, auf die mit beinahe geometrischer Präzision entworfenen Parallelen rostrot brennender Strichdünen in der algerischen Wüste Erg Schesch, rauh und unbewohnt, auf Flussbetten, längst ausgetrocknet oder angefüllt mit tosender, unhörbarer Flut, über die Ufer tretend, weitere Arme in die Landschaft grabend, ein ädriges, weitverzweigtes Muster, das Nil, Ganges, Amazonas vor der Mündung in ein Delta verwandeln, auf Küstenstreifen, komplex wie Fraktale, auf Inseln, Atolle, einsame Zeugen der Festigkeit inmitten ständiger Strömungen – und, während eines letzten Umlaufs, an irgendeinem Ende der Welt, das zusammenfällt mit dem Anfang, auf den seit je gegenwärtigen, immerzu prangenden Saphir des Meeres, darin Korallen mehrere Hundert Meter hohe Riffe errichten, kenntlich als feine Leuchtspur, und Plankton, etwa vor Neuseeland, die Form einer Spirale annimmt, ähnlich der unserer Galaxie, eine himmelblaue Blüte, treibend unter Wasser, Keimzelle des Lebens. Wie zum ersten Mal hebt sich unser Auge, gewahrt in der Ferne, über dem Limbus, die schmale gebogene Naht der Atmosphäre, Ursprungs- oder Unsterblichkeitsblau, erschreckend zart und zerbrechlich, Gebärmutter der Lebens, Schutz gegen die tödliche Strahlung, gegen die tödliche Leere.

Zurückgekehrt zur Erde, in den Körper, führt das Auge fortan eine zweifache Existenz: Es befindet sich, den Axiomen der Schwere unterworfen, innerhalb der Schranken raumzeitlichen Geschehens, zugleich jedoch vermag es lichtgeschwind aufzusteigen in die inter- oder gar außerplanetare Dimension. Es ist, in komplementärem Verhältnis, irdisches und kosmisches Auge, gebunden und entbunden, oszillierend zwischen Grobstofflichem und höchst Feinstofflichem. Es hat seine Heimat nicht mehr nur auf der Erde, sondern auch unter Sternen, die ihm zwar weiterhin als Gegenstände kontemplativer Betrachtung dienen, überdies aber reale, eigenständige Fixpunkte darstellen, von deren Raum aus es die Position, die Morphologie, die innere Konsistenz der Erde samt ihren organischen und anorganischen Manifestationen neu zu erkunden, zu bestimmen, zu durchdringen beginnt.

Mit anderen Worten: Wir sind im Begriff, eine universale Perspektive zu entwickeln, indem wir unseren hiesigen Standort gewissermaßen transzendieren, eintreten in das sphärische Kontinuum, wo wir, einen ewigen Moment lang selbst sphärisch geworden, uns und unsere Welt von außen schauen, indes die unverstellte Sicht umfassende Einsicht gewährt, da das Auge, zumindest virtuell, überall gleichzeitig ist, als habe es sich vervielfältigt und verfüge über die gestochen scharfe Optik der zahlreichen Augen des Argus. Wir führen aus, was das französische Verb *englober* uns sagt: Wir beziehen, schließen ein, wir umspannen den Globus, eigentlich das »Zusammengeballte«, das zu einer Einheit gefügte Verschiedenartige, und infolgedessen eignet uns eine globale Vision. Diesseits raumzeitlicher Begrenzung verstellt uns das Verschiedenartige den Blick, es bedrängt, so dass wir, um des Überblicks und der Selbstbehauptung willen, zum gegensätzlichen Verb *séparer* neigen und eben hauptsächlich zergliedern, ausschließen. Im grenzenlosen Raum jedoch kommen wir nicht umhin, das jeweils Gesonderte als integralen Teil zu begreifen und der Einheit wieder zuzuordnen.

Die globale Vision ändert radikal unsere Auffassung vom Status des Menschen auf der Erde. Das Bewusstsein, einmal von ihr ergriffen, kann sie auf Dauer nicht leugnen – es trägt sie in sich wie einen Samen, der mit Naturgewalt nach Entfaltung, nach Ausdruck verlangt. Sobald wir nämlich den Planeten vor dem siderischen Hintergrund betrachten, kehrt sich das seit Anbruch der Neuzeit sakrosankte Subjekt-Objekt-Verhältnis um. Das bislang eigenmächtig handelnde menschliche Subjekt, das die auf eine bloß ausgedehnte, passive Substanz herabgeminderten Objekte wie entfesselt isolierte, manipulierte und dominierte, muss von der hohen Warte erkennen, dass es selbst ein Objekt ist – und dass im gleichen Atemzug die Objekte dank ihrer rauschhaften Fülle, ihrer das Leben überhaupt erst ermöglichenden und gewährleistenden Kräfte, ihrer die Vorstellung förmlich sprengenden Verbindungen und Wechselwirkungen das aktive, das genuine, das sublime Subjekt sind. Was Zentrum war, rückt an die Peripherie, was Peripherie war, rückt ins Zentrum: Die natürlichen Dinge, die wir zur Projektionsfläche für unsere materialistischen Anschauungen und obsessiven Besitzansprüche erklärten, strahlen zurück, sie agieren, vibrieren, transformieren sich und uns, unaufhörlich, und machen damit nicht nur ihre ursprünglichen, durch die Evolution verbürgten Rechte geltend, sondern bestätigen zudem die Etymologie: als Subjekte *unterliegen* wir ihnen. Auf solche Weise zeigen sie uns – zumal jetzt, da wir ihnen und folglich auch der eigenen Spezies mit Auslöschung drohen –, dass wir gemeinsam aus einer Quelle trinken, der der Erde, triumphierendes Subjekt aller Objekt gewordenen Subjekte, aller Subjekt gewordenen Objekte. Ob wir sie, je nach Entfernung, vor uns haben als winzige funkelnde Kugel in finsterer Weite oder als plastischen Urgrund, dem immer neue, immer faszinierendere Geburten entsteigen: indem sie unantastbar um ihre Achse und um die Sonne rotiert, ist sie die Matrix, das Ganze – und zugleich ein Knoten des kosmischen Gewebes, das sich auf und in ihr abspiegelt in Gestalt eines empfindlichen Gleichgewichts zwischen Chaos und Ordnung, Beständigkeit und Wandel, Komplexität und Einfachheit: der Inbegriff des Wunders, an dem teilzuhaben uns gegeben ist.

Dem wohnt eine durch phänomenologische Evidenz, astronomisches Gesetz und ästhetische Aura gesicherte Wahrheit inne, die, im Kontrast zu den meisten unserer vermeintlichen Wahrheiten, sich niemals bezweifeln lässt. Für das kurzzeitig anwesende, heute der Profanität huldigende, von solipsistischen Urteilen verzehrte und deshalb der Welt wie sich selbst entfremdete Ich hält sie eine doppelte Offenbarung bereit: Es besitzt eigentlich nichts, weder die Dinge noch seinen Körper noch sein Bewusstsein, dies alles sind mehr oder minder flüchtige Verdichtungen der unerschöpflichen Energie, die das Universum durchpulst, und so bleibt ihm nur, überwältigt zu werden, sich dessen Rhythmen anzugleichen, achtsam mit ihnen zu kommunizieren, sie in transparenten Werken zum Ausdruck zu bringen.

Das Gedicht, welches unter den skizzierten Voraussetzungen entsteht, legt Zeugnis davon ab, dass das lyrische Ich die autonome, auf Illusion beruhende Mittelstellung eingebüßt hat, dass dieses nun als ein anderes dem unendlich Anderen der Welt gegenübertreten und den Ruf einer nicht länger zu negierenden natürlichen und kosmischen Wirklichkeit erwidern muss. In seinem gesamten Wahrnehmungs-, Erkenntnis- und Wertesystem bahnt sich eine folgenreiche Umwälzung an. Denn wenn es mit dem Nachdruck einer letztlich überlegenen Instanz den Blick auf die Wesen und Dinge warf, um sie wie in einem Netz an sich zu ziehen und das so gewonnene poetische Material dann in die persönliche Perspektive zu zwingen, verdeutlichen sie ihm durch Spontaneität und Kreativität, durch subtile, oft rätselhafte Zeichen, dass derartige Akte Übergriffe darstellen, Verletzungen des Gleichheitsprinzips auf organischer Ebene, wo nichts höher oder tiefer steht, wo jedes Existierende lediglich einen Durchgang bildet zu weiteren Erscheinungsformen und alles mit allem sich austauscht in gegenseitiger Abhängigkeit. Und wenn das lyrische Ich aufgrund seines durch den neuzeitlichen Reduktionismus unterschwellig geprägten Auffassungsvermögens sie von sich abtrennte, um zu analysieren, zu klassifizieren, zu interpretieren, und darüber vergaß, sie hinterher zu synthetisieren, in den Zusammenhang zu integrieren, beweist ihre bloße Gegenwart, dass es ohne sie gar nicht wäre, dass sie keineswegs nur Auslöser der Erfahrung sind, die sich in bruchstückhaften Metaphern und Bildern niederschlägt, sondern Fundament des – auch dichterischen – Wissens schlechthin, auf dem Innen *und* Außen, einander durchdringend, einander erschaffend, die vielschichtige Architektur einer einzigen Totalität aufbauen. Wenn schließlich das lyrische Ich sein nach wie vor aus dem geozentrischen Blickwinkel arbeitendes Bewusstsein einsetzte, um die ethisch-ästhetischen Leitmotive dem damit korrelierten anthropozentrischen Maß zu entnehmen, wird es von der dynamischen Potenz des Lebendigen immer höher über das eigene Dasein hinausgehoben, bis zur astralen Ordnung, wo alle hier aufgestellten Normen sowohl ihr Ziel als auch ihren Ursprung haben, und mit der Notwendigkeit konfrontiert, endlich zu jenem zwar in der Biosphäre verankerten, doch kosmozentrisch ausgerichteten Bewusstsein zu finden, das eine kosmozentrische Welt erfordert.

Die prinzipielle, ja man müsste sagen: ontologische, jedenfalls irreversible Verlagerung des poetischen Fokus von der *persona* auf das Andere zeitigt ein Gedicht, das aus den Fesseln rationaler Konstrukte, überbetonter psychischer Reflexe, individualistischer Attitüden weitgehend befreit ist. Es spannt einen Raum auf, in dem das Ich verstummt vor dem Gegenstand, dessen Schweigen nicht verbergen kann, dass er, Partikel der Natur, sich äußert mit der Stimme der an und in ihm wirksamen Energien, Prozesse, Transformationen. Er spricht durch das Ich, das sich ihm öffnet und hingibt und dabei, wenigstens für eine blitzhell aufleuchtende Sekunde, zur empfindlichsten und reinsten Tafel wird, auf der sich die empfangenen Informationen abzeichnen, dunkel zunächst und vage, erste Konturen von Buchstaben. Diese stammen aus dem universalen Alphabet, das in die Sterne ebenso eingeschrieben ist wie in die Wellen des Meeres oder in unsere Zellen. Je deutlicher sie sich konkretisieren, je prägnanter einzelne Signaturen erscheinen, die solch elementare Kohärenz zwischen den verschiedenen Zustandsformen widerspiegeln, desto stärker bewegt ein pulsierender Rhythmus die Silben, desto direkter treten die Wörter miteinander in Resonanz. Das heißt, die Schwingungen der äußeren Welt stehen in unauflösbarer Wechselbeziehung zu den Schwingungen des poetischen Duktus, erzeugen sie und werden von ihnen erzeugt. Das Gedicht ist der Ort der Interferenz, die hier Konsonanz, dort Dissonanz hervorruft, das Medium, das Materielles und Immaterielles als die dualen Aspekte *einer* Wirklichkeit sichtbar macht, das Werk, das durch seine metrische Syntax, seine sonore Phonetik die symmetrischen oder auch asymmetrischen Muster des irdischen und kosmischen Gewebes abzubilden versucht und, da es die Vielheit in der Einheit, die Einheit in der Vielheit immerhin erahnen lässt, die Vision eines zugleich variablen und homogenen Ganzen entwirft. Es hat die verabsolutierte Gewissheit des Subjekts abgestreift zugunsten einer Unbestimmtheit, die den unüberschaubaren Verknüpfungen des Raumes entspricht, und es hat die minimalisierte Existenz des Objekts derart aufgewertet, dass dessen Stimme vernehmbar ist. Demnach darf ein derartiges Gedicht nun universal genannt werden, insofern es sich in stetiger Annäherung an das nie fassbare Universale befindet.

Fehlt dem Gedicht dieser Impetus, dieser Zug in Richtung Meta-Optik, läuft es Gefahr, dem Anachronismus anheimzufallen. Es haftet an den Phänomenen, ohne zu ihrer Essenz vorzustoßen, dorthin, wo die Fäden des großen Gewebes sich kreuzen und so jene von überallher gespeisten, extrem aufgeladenen Inhalte einführen, die poetische Bedeutung abseits bloßer Illustration erst zu stiften vermögen; es verkürzt leichtfertig den Radius unseres Bewusstseins, der durch Erkenntnisse der Wissenschaft, speziell der Astrophysik, der Quantenmechanik, der Molekularbiologie, der Evolutions- und Chaostheorie hingegen immer weiter ausgedehnt wird und damit einen wesentlichen Maßstab für dichterische Komplexität bildet; und es ist gerade wegen seines subjektivistischen Ansatzes quasi zu langsam, um mit der ungeheuren Dynamik und Simultaneität der Ereignisse außerhalb des eingeschränkten Blickfeldes noch Schritt halten zu können. Kurzum, es ist zu punktuell, zu limitiert, zu lokal. Das lokale Denken braucht die globale Perspektive, um nicht in der Provinzialität zu erstarren, ebenso wie das globale Denken die lokale Perspektive braucht, um sich nicht in der Immensität zu verlieren. Kein anderes als das in dieser polarisierten, desorientierten Epoche zu schreibende universale Gedicht wäre geeigneter, zwischen den beiden Anschauungen zu vermitteln. Es weiß um seine Verwurzelung im Besonderen und Nahen, Greifbaren und Sichtbaren, das ihm unentbehrlicher Nährboden ist, aber auch um seinen geistigen Auftrag, sich emporzuschwingen ins Allgemeine und Ferne, Nichtgreifbare und Unsichtbare, das ihm Glanz verleiht und an den Rändern der Wörter Spuren eines namenlosen Sinns hinterlässt. So steht es uns vor Augen wie ein Baum, bei dem das verzweigte Wurzelwerk und die verzweigte Krone sich gegenseitig spiegeln, um die Linie zum Kreis zu runden, immer dem Vitalen verpflichtet, immer bereit für den Zeitsprung, das Unvorhersehbare, um schließlich Ich und Du zu versöhnen – mit sich, mit der Welt, mit dem Sein selbst.

Dank seiner schöpferischen Synthese von Lokalität und Globalität ist das universale Gedicht der heute waltenden Globalisierung auf wirtschaftlichem Gebiet und der Politik, die sich ihr blindlings beugt, diametral entgegengesetzt. Die kaum anders als elitär zu bezeichnende Globalisierung nämlich, im Rahmen derer die westlichen Paradigmen des Merkantilismus und der Technokratie, der gnadenlosen Konkurrenz und der Ressourcenvernichtung in neokolonialer Manier auf den gesamten Planeten übertragen werden sollen, trachtet danach, wahrhaft lokales und globales Denken auszutilgen. Sie untergräbt nicht nur die organisch gewachsenen Mikrostrukturen, die biologische, soziale, ökonomische, kulturelle und ästhetische Vielfalt garantieren, sondern verzerrt darüber hinaus bis zur Unkenntlichkeit die ganzheitliche Betrachtungsweise, die aus der harmonischen Makrostruktur der frei durchs All schwebenden Erde resultiert. Diversität wird zu Uniformität, Holismus zu noch mehr Reduktionismus. Mit anderen Worten: Die zu Beginn der Neuzeit vorangetriebene Spaltung in Ich und Dingwelt erfährt an deren Ende eine fatale Vertiefung. Der Dämon der Subjektivität, nun in das Gewand des Samariters für die unzähligen Notleidenden an der Peripherie, des Friedensstifters, des Apologeten nachhaltiger Entwicklung und fortschreitender Demokratisierung gehüllt, darunter aber, mit umso monströserer technologischer und finanzieller Macht ausgestattet, auf umso mehr Herrschaft und Besitz bedacht, er atomisiert das Individuum und die Gemeinschaft nicht minder als die Lebewesen und die Natur. Der Mensch verwandelt sich in eine beliebig steuerbare Masse, die ausschließlich unter die Kategorien der Konsumtion und der Mobilität fällt, die Umwelt in ein Materiallager, das diesen Prozess in Gang halten und weiter beschleunigen muss. Dadurch sind sie beide Geiseln des Dämons, der alles um sich zentriert, anstatt zu dezentralisieren, der alles marginalisiert, anstatt zu respektieren, um den Kampf aller gegen alle, aller gegen alles zu propagieren. Das ist der Mythos, von dem er sich nährt, das Dogma, das ihn unangreifbar erscheinen lässt, die säkulare Religion, mit der er Ewigkeit beansprucht. Doch eines kann er nicht verschleiern: *Wir* haben ihn ersonnen, wir sind die Täter in diesem globalen Krieg, dessen schreckliche – und gerade deshalb vielleicht heilsame – Logik darin besteht, dass er uns umgehend zu Opfern macht. Als solche haben wir es in der Hand, aufgrund der kathartischen Wirkung einer inneren Umkehr ein fast vergessenes Wort neu zu schreiben: Humanität.

Das universale Gedicht wäre das geheime, dem Gift ebenbürtige Gegengift. Es wäre auf der Höhe der Zeit, zugleich aber jenseits von ihr, weil es sich, wie jedes andere Gedicht, der Utilität und der Effizienz entziehen würde: es hätte keinen Warencharakter, keinen Marktwert. Es stünde im Zeichen des verschwenderischen Reichtums der Natur und des Kosmos, den es, nach besten Kräften, in die strenge Stufenfolge der Verse bannen würde, nur um ihn dann ebenso verschwenderisch auszustrahlen. Darauf beruhte seine Selbstlosigkeit, seine Bescheidenheit, aus der ihm eine ungeahnte Größe erwachsen könnte. Es wäre, wie sein Urheber, nicht mehr, nicht weniger als eine Leuchterscheinung am Nachthimmel.

Sant' Alfio, November 2001

Erste Auflage Berlin 2017

MSB Matthes & Seitz Berlin Verlagsgesellschaft mbH
Göhrener Str. 7, 10437 Berlin
info@matthes-seitz-berlin.de

Umschlaggestaltung: Pauline Altmann, Berlin
Satz: Tom Mrazauskas, Berlin
Druck und Bindung: Friedrich Pustet, Regensburg

ISBN 978-3-95757-390-2

www.matthes-seitz-berlin.de

Die Gedichte von Jochen Winter im Agora Verlag Berlin

»Winters Gedichte sind ein erlesenes Wild für jagende Interpreten ... Dichterische Erfahrung ist hier die ganz andere Erfahrung; Dichtungswelt ist Anderswelt: eine Antirealität aus Antielementen der vorgefundenen Realität; ihre Sprache ist sowohl Aussen- wie Innenform des dichterischen Seins ... Er schafft, ›schöpft‹ (in Heideggers Wortverständnis) eine Welt durch Sprache; er befreit sie aus Sprache heraus, in Sprache hinein ...«

Dominik Jost, *Neue Zürcher Zeitung*

»Die Gedichte sind Leuchtzeichen, die in ›Herzsekunden‹ die Nacht der Epoche im doppelten Sinn erhellen: Indem diese Nacht in eindringlichen Bildern erscheint ... wird sie zugleich transparent. Immer wieder musste ich bei der Lektüre dieser schwierigen, aber in jedem Atemzug großartigen Verse an das Wort des von Jacob Böhme beeinflussten Philosophen Franz von Baader denken, das gegen den selbstherrlichen Subjektivismus eines Descartes gesprochene ›Cogitor ergo sum‹: Ich werde gedacht, also bin ich ...«

Albert von Schirnding, *Süddeutsche Zeitung*

Die diamantene Stunde. *Gedichte*
72 Seiten. Englische Broschur. ISBN 978-3-87008-115-7

Die Inschrift der Erde. *Gedichte*
88 Seiten. Englische Broschur. ISBN 978-3-87008-129-4

Spuren im Unermesslichen. *Gedichte*
72 Seiten. Englische Broschur. ISBN 978-3-87008-141-6